मैं
जे. कृष्णमूर्ति
बोल रहा हूँ

मैं जे. कृष्णमूर्ति बोल रहा हूँ

सं. राजस्वी

प्र
प्रभात प्रकाशन

प्रकाशक
प्रभात प्रकाशन प्रा. लि.
4/19 आसफ अली रोड, नई दिल्ली-110002
फोन : 23289777 • हेल्पलाइन नं. : 7827007777
इ-मेल : prabhatbooks@gmail.com ❖ वेब ठिकाना : www.prabhatbooks.com

संस्करण
2025

मूल्य
तीन सौ रुपए

मुद्रक
यश प्रिंटोग्राफिक्स, नोएडा

★

MAIN J. KRISHNAMURTI BOL RAHA HOON
Ed. Rajasvi

Published by **PRABHAT PRAKASHAN PVT. LTD.**
4/19 Asaf Ali Road, New Delhi-110002

ISBN 978-93-5266-871-7

₹ 300.00

दो शब्द

जिद्दू कृष्णमूर्ति का नाम आध्यात्मिक जगत् में विशेष रूप से उल्लेखनीय है। जब वे मात्र 13 वर्ष के थे, तभी उनमें विश्वगुरु होने की विशिष्टताएँ दृष्टिगोचर होने लगी थीं, यद्यपि वे आजीवन लोगों द्वारा विश्वगुरु कहे जाने की बात का खंडन करते रहे। उन्होंने न केवल भारत में, बल्कि विदेशों में भी आध्यात्मिकता का परचम लहराया।

जे. कृष्णमूर्ति का कहना था कि विश्व इतना आधुनिक होता जा रहा है कि उसमें मनुष्य के लिए भविष्य में कोई महत्त्वपूर्ण स्थान बनता दिखाई नहीं दे रहा है। आधुनिक विश्व में कंप्यूटर का बोलबाला हो रहा है और अब वह दिन दूर नहीं, जब यांत्रिक बुद्धिवाला यह यंत्र मानवीय बुद्धि अर्थात् मनुष्य से कहीं आगे निकल जाएगा। उनका सुस्पष्ट विचार था कि मनुष्य के जीवन में कंप्यूटर एक बड़ी क्रांति लाने जा रहा है। यदि हम आज उनके इस कथन पर गंभीरतापूर्वक विचार करें तो उनका कथन पूर्णतया सत्य प्रतीत होता है।

जे. कृष्णमूर्ति चेतना को मनुष्य के जीवन का एक अति महत्त्वपूर्ण अंग मानते थे। वे कहते थे कि सबसे पहले हमारे लिए यह जानना अत्यावश्यक है कि हमारी चेतना व्यक्तिगत चेतना नहीं, बल्कि यह संपूर्ण मानवीय पीड़ा, द्वंद्व और कष्टों की चेतना है।

जे. कृष्णमूर्ति के विचार केवल आध्यात्मिक ही नहीं, बल्कि भौतिक दृष्टि से अत्यंत महत्त्वपूर्ण हैं, जो जाति, धर्म और संप्रदाय में उलझे, असमंजस में फँसे और दिग्भ्रमित हुए लोगों का यथोचित मार्गदर्शन करते प्रतीत होते हैं।

उन्होंने मानव-जीवन के लगभग सभी पहलुओं को अपनी विचारशीलता के दायरे में लाने का सफल प्रयास किया है। किंचित् मात्र भी ऐसा नहीं लगता कि जीवन की कोई भी जटिल वीथि उनकी दृष्टि से ओझल हो गई हो। विश्वगुरु जे. कृष्णमूर्ति के जीवन का परम लक्ष्य विश्व को शांति, संतुष्टि और संपूर्णता प्रदान करना था, ताकि ईर्ष्या, द्वेष और स्वार्थ का समूल नाश किया जा सके। वे अपने जीवन-लक्ष्य में काफी हद तक सफल रहे। जो भी उनके संपर्क में आया, मानो उनका ही होकर रह गया।

विश्वगुरु के अद्वितीय-अमूल्य जीवन-वृत्तांत में से कुछ अनुपम विचार-मणियाँ चुनकर प्रस्तुत पुस्तक 'मैं कृष्णमूर्ति बोल रहा हूँ' में संकलित की गई हैं, ताकि जन-सामान्य भी इस विश्व-विभूति के विचारों से लाभ उठा सके। प्रस्तुत पुस्तक 'मैं कृष्णमूर्ति बोल रहा हूँ' में उनके विचारों को सरल एवं सरस ढंग से प्रस्तुत करने का प्रयास किया गया है। आशा है, यह पुस्तक सभी वर्ग के पाठकों के लिए एक अच्छी मार्गदर्शक सिद्ध होगी।

—राजस्वी

अनुक्रम

दो शब्द *5*

अध्यात्मवेत्ता जे. कृष्णमूर्ति *11*

1. अकेलापन 15
2. अंत 16
3. अतीत 17
4. अतीत का महत्त्व 20
5. अंधानुकरण 20
6. अधीरता 21
7. अनुकरण 21
8. अनुसंधान 22
9. अपने बारे में 22
10. अलगाव 23
11. अवधान 24
12. अवलोकन 25
13. अवस्था 26
14. अवलोकन का अर्थ 27
15. अस्तित्व का अर्थ 27
16. आत्मनिर्भरता का ज्ञान 28
17. आदर्श 28
18. आसक्ति और निर्भरता 30
19. आसक्ति की समस्याएँ 30
20. आवश्यकताओं पर टिके संबंध 31
21. ईश्वर 31
22. इच्छा 32
23. कंप्यूटर 34
24. कर्म-व्यवस्था 35
25. कर्म की सार्थकता 35
26. क्रांति 35
27. कारण 37
28. गतिविधि के परिप्रेक्ष्य में संबंध 38

29. गवेषणा 38
30. गतिविधि और संबंध 39
31. चेतना 39
32. छवि का अर्थ 41
33. जिम्मेदारी का अहसास 42
34. जीवन 42
35. जीवन क्या है ? 44
36. जीवन और मृत्यु 45
37. जनसमूह 46
38. जीवन–चक्र 46
39. तटस्थता 47
40. तुलना 49
41. तपस्विता 50
42. दर्पण में संबंध 50
43. दुःख 51
44. दुःख की प्रवृत्ति 56
45. दुःख का अवसान 57
46. दुःख का मूल कारण 58
47. द्वंद्व 58
48. दृष्टिकोण 59
49. ध्यान 60
50. धर्म 61
51. धारणाएँ 63
52. धारणा पर आधारित संबंध 64
53. नदी 64
54. निरीक्षण 65
55. निरंतरता 65
56. निर्भरता पर आधारित संबंध 70
57. नूतन 71
58. प्रकाश की अनुभूति 71
59. पलायन 72
60. पर्वत 72
61. परनिर्भरता 73
62. प्रयास 73
63. प्रज्ञा 73
64. प्रज्ञा का आविर्भाव 74
65. प्रतिमा 74
66. परिपक्वता 76
67. प्रेम 77
68. प्रेम क्या है ? 83
69. प्रेम और दुःख 83
70. पुनर्जन्म 84
71. पूर्वनियोजन 84
72. फूल 85

73. भय 85
74. भय और प्रेम 90
75. भयभीत 91
76. मन 93
77. मन की इच्छा 95
78. मन का स्थायित्व 96
79. धार्मिक व्यक्ति 96
80. मनुष्य 96
81. मनोवैज्ञानिक समय 97
82. पलायन और बदलाव 98
83. मृत्यु 98
84. मस्तिष्क 104
85. महत्त्वाकांक्षा 105
86. मानव-जाति 106
87. मानव-संबंध की समस्या 106
88. मानसिक प्रक्रिया 107
89. मुक्ति 107
90. मूलभूत क्रांति 107
91. भय से मुक्ति 108
92. यथार्थ एवं द्वंद्व की समझ 109
93. रिश्ते—एक दर्पण 110
94. वैश्विक क्रांति 110
95. व्यवस्था 111
96. विचार 112
97. विचार की प्रक्रिया 115
98. विश्वास 117
99. वर्तमान 118
100. विशुद्धता 118
101. विशेषज्ञता 119
102. वैश्विक समस्या 119
103. शरीर 119
104. शांति 120
105. शांति की स्थापना का कार्य 121
106. शिक्षा का अर्थ 122
107. शिक्षा का उद्देश्य 124
108. स्थायी 124
109. स्थायित्व 125
110. स्वबोध 126
111. संकल्प 126
112. सच क्या है ? 127
113. सत्य का ज्ञान 128
114. सद्गुण 129
115. संक्रांति काल 129

116. सत्ता 130
117. संपर्क 130
118. संबंधों का अवलोकन 131
119. संबंधों का द्वंद्व 131
120. संबंधों का महत्त्व 132
121. संबंधों का स्वरूप 133
122. संबंधों की जटिलता 133
123. संबंधों की समझ : एक समस्या 133
124. संबंधों में मनमुटाव का कारण 134
125. संबंध की समस्या 135
126. समझ की उत्पत्ति 135
127. समय 136
128. सम्यक् कार्य 140
129. सम्यक् विचार 141
130. सम्यक् विचारधारा 141
131. समस्या 143
132. समाज 144
133. समाज के साथ संबंध 145
134. संसार 146
135. संस्कारबद्धता 146
136. सादगी 146
137. सुख 147
138. सीखने का अर्थ 148
139. सीखने की ललक 149
140. सीमितता 149
141. सोच-विचार 149
142. ज्ञान 149
143. ज्ञान का अर्थ 150

अध्यात्मवेत्ता जे. कृष्णमूर्ति

संपूर्ण विश्व को आध्यात्मिकता का ज्ञान देनेवाले जिद्दू कृष्णमूर्ति का जन्म 12 मई, 1895 को मद्रास प्रेसीडेंसी के एक छोटे से कस्बे (वर्तमान आंध्र प्रदेश) में एक ब्राह्मण परिवार में हुआ था। उनके पिता का नाम जिद्दू नारायण और माता का नाम संजीवम्मा था। वे कुल मिलाकर 11 बहन-भाई थे। जब वे 8 वर्ष के थे, तभी उनकी माता का देहांत हो गया था। 13 वर्ष की आयु में उन्हें थियोसोफिकल सोसायटी ने अपने संरक्षण में ले लिया था। सोसायटी का उनके बारे में यह मानना था कि आनेवाले समय में उनमें विश्वगुरु का उद्भव होगा। सोसायटी की यह अवधारणा सत्य सिद्ध हुई। आगे चलकर वे एक ऐसे प्रभावशाली एवं स्वतंत्र शिक्षक के रूप में उभरकर सामने आए कि विश्व को उन्होंने अपने क्रांतिकारी-आध्यात्मिक विचारों से आंदोलित कर दिया।

कृष्णमूर्ति की विचाराधारा किसी भी धर्म विशेष से नहीं जुड़ी है, बल्कि उनके विचार, वार्त्ताएँ और लेख संपूर्ण विश्व के लिए हैं, संपूर्ण मानवता के लिए हैं। उनकी शिक्षा में संपूर्ण मानवता का हित छिपा हुआ है। उनकी दृष्टि में संबंधों का बड़ा महत्त्व है। इस परिप्रेक्ष्य में उनके विचार इस प्रकार हैं—

"हमारा दैनिक जीवन देखा जाए तो संबंधों का एक बहुत ही महत्त्वपूर्ण सिलसिला है। संबंध में संपर्क शामिल है और संबंध न केवल शारीरिक होते हैं, बल्कि मनोवैज्ञानिक, बौद्धिक एवं भावनात्मक भी होते हैं। यहाँ महत्त्वपूर्ण बात यह है कि किसी से संबंध तभी हो सकता है, जब भरपूर

स्नेह हो। दो व्यक्तियों के बीच जो भी कुछ है, यदि वह केवल बौद्धिक एवं शाब्दिक है तो इससे न तो किसी एक व्यक्ति का दूसरे व्यक्ति से कोई संबंध है और न दूसरे व्यक्ति का पहले व्यक्ति से कोई संबंध है, ऐसा कहा जा सकता है कि उनके बीच कोई संबंध नहीं है। संबंध तभी होगा, जब संपर्क का भाव होगा अर्थात् पारस्परिक मेल-मिलाप का भाव होगा।

"इस वास्तविकता से इनकार नहीं किया जा सकता कि हमारे संबंध अत्यंत महत्त्वपूर्ण, विरोधाभासी और अलगावकारी हैं। हममें से प्रत्येक व्यक्ति केवल अपने लिए ही अपने चारों ओर एक अभेद्य खोल बनाने की जुगत में लगा रहता है।"

कृष्णमूर्ति का मानना है कि मनुष्य का जीवन कभी न रुकनेवाले एक युद्ध की भाँति है। यह जीवन दुःख और संभ्रम का वह सिलसिला है, जिसमें प्रसन्नता या सुख की अनुभूति कभी-कभार ही होती है। जब तक संबंधों में मूलभूत क्रांति नहीं आती, तब तक जीवन में यह युद्ध यों ही चलता रहेगा और इस युद्ध के चलते कोई समाधान भी संभव नहीं है। अतः इस तथ्य को बड़ी गंभीरता एवं गहराई से जानने की आवश्यकता है।

प्रत्येक मनुष्य के जीवन में सुख का बड़ा महत्त्व है और हर कोई चाहता है कि उसका जीवन सदैव सुखमय रहे, लेकिन सुख की अनुभूति तभी संभव है, जब व्यक्ति को इच्छा का ज्ञान हो जाए। सबसे पहले व्यक्ति को यह जानने की आवश्यकता है कि इच्छा है क्या, यह किस प्रकार अस्तित्व में आती है और इसे गति कैसे प्राप्त होती है। जब तक इस स्थिति से परिचित नहीं हुआ जाएगा, तब तक इच्छारहित होने का नाटक करना बेकार है। यदि कोई ऐसा करता है तो इससे उस व्यक्ति का मनोमस्तिष्क विकृत हो जाता है। इस संबंध में कृष्णमूर्ति के विचार इस प्रकार हैं—

"वास्तव में यह जानना-समझना बहुत ही आसान है कि इच्छा अस्तित्व में किस प्रकार आती है। उदाहरण के लिए, मैं एक मनोहारी सूर्यास्त देखता हूँ। अतः यह तो देखना हुआ, लेकिन इसका सौंदर्य निहारना और इसके रंग

को देखना आदि ये सब मेरे भीतर इसे देखते रहने की इच्छा को उजागर करते हैं।''

इच्छा से जुड़ा यह विचार-तंत्र मुख्य रूप से सुख की धुरी पर टिका हुआ है अर्थात् यह या तो पसंद करता है या फिर नापसंद। यह स्पष्ट है कि जहाँ सुख-लालसा होती है, वहाँ दुःख एवं पीड़ा भी अवश्य ही होती है। प्रत्येक व्यक्ति की यही इच्छा होती है कि उसे किसी भी प्रकार का दुःख न मिले, लेकिन उसे सुख-भोग की अनुभूति लगातार होती रहे। यदि कोई भी व्यक्ति दुःख को नजरअंदाज करना चाहता है तो उसे सुख भी नजरअंदाज करना पड़ेगा। इन दोनों को अलग नहीं किया जा सकता, क्योंकि ये दोनों एक ही सिक्के के दो पहलू हैं।

भले ही कोई भी व्यक्ति दुःख में रहे, लेकिन फिर भी उसकी सोच सुख-लालसा पर टिकी होती है। यह विचार एक प्रकार से यांत्रिक ही होता है, लेकिन इसमें भटकाव अधिक होता है। कोई भी व्यक्ति आज्ञापालन इसलिए करता है, क्योंकि यह उसके लिए सुखद अनुभव होता है और कोई व्यक्ति किसी दूसरे को गलत इसलिए ठहराता है, क्योंकि यह उसके लिए सुखद होता है।

मृत्यु वह सच है, जिसे टाला नहीं जा सकता। फिर भी लोग इससे पार जाने के बारे में सोचते रहते हैं और इसके लिए तरह-तरह के सिद्धांतों की रचना कर डालते हैं। कृष्णमूर्ति का मानना है कि यदि कोई भी यह जान ले कि अंत किस प्रकार संभव है तो फिर डर का कोई अस्तित्व ही नहीं रह जाता। यही डर व्यक्ति को कमजोर बनाता है और उसके जीने के आनंद को कम कर देता है। इस संबंध में कृष्णमूर्ति के विचार इस प्रकार हैं—

''मुझे हमेशा ही किसी-न-किसी भय ने परेशान किया है। बाल्यावस्था में मैं बहुत शर्मीला और संकोची स्वभाव का था। मुझे पता है कि एक-न-एक दिन हम सबको मरना है ही, लेकिन फिर भी कोई भी तर्क मेरे इस भय को कम नहीं कर पाता। मैं साइकिकल रिसर्च सोसायटी में सम्मिलित हो गया और वहाँ यह पढ़ा कि महान् व्यक्तियों ने मृत्यु के विषय में क्या

कहा, लेकिन बावजूद इसके मेरा भय अभी भी बना हुआ है। मैंने अपने आपको बहुत समझाने की कोशिश भी की है, लेकिन कोई लाभ नहीं हुआ। अब यह भय मेरे लिए एक प्रकार की समस्या बन गया है। रात के समय वे भयानक सपने मुझे जगा देते हैं, जिनका संबंध किसी-न-किसी प्रकार मृत्यु से होता है।

''मैं मृत्यु और हिंसा से भयग्रस्त हूँ, जो मेरे लिए एक युद्ध की स्थिति की तरह है। यह युद्ध मेरे लिए एक निरंतर चलता हुआ भयानक स्वप्न रहा है और वास्तव में मैं इस स्थिति को लेकर बहुत अधिक हैरान व परेशान हूँ। हालाँकि यह कोई विक्षिप्तावस्था नहीं है, लेकिन ऐसा लगता है कि आनेवाले समय में हो जाएगी। इस भय को नियंत्रित करने के लिए मुझसे जो संभव हुआ, मैंने किया, यहाँ तक कि मैंने इससे दूर भागने की कोशिश भी की है, लेकिन फिर भी मैं इससे बाहर नहीं निकल पाया हूँ।''

छोटी सी आयु में कृष्णमूर्ति अपने आध्यात्मिक भाषणों एवं विचारों के कारण बहुत लोकप्रिय हो गए थे। लोगों ने उन्हें 'विश्वगुरु' कहकर संबोधित किया तो उन्होंने स्वयं को मसीही छवि से बाहर निकालते हुए इस तथ्य को अप्रत्याशित ढंग से खारिज कर दिया। वे आजीवन लोगों द्वारा अपने लिए दी गई विश्वगुरु की पदवी को विनयपूर्वक अस्वीकार करते रहे।

अध्यात्मवेत्ता जे. कृष्णमूर्ति का लोगों पर प्रभाव इतना अधिक था कि वे जहाँ भी जाते, उन्हें देखने व सुननेवालों का अथाह जनसमूह उमड़ पड़ता था। उनके व्यक्तित्व में वह जादू था कि लोग उस प्रकार उनकी ओर खिंचे चले आते थे, जैसे चुंबक की ओर लोहा खिंचा चला आता है। उनकी विशेषताओं में से एक प्रमुख विशेषता यह थी कि अपने संपूर्ण जीवन में उन्होंने कभी भी स्वयं के 'सिद्ध' होने की बात नहीं की और न ही कभी कोई शिष्य बनाया।

'वैयक्तिक चेतना में परिवर्तन के माध्यम से समाज में आवश्यक एवं क्रांतिकारी परिवर्तन संभव है'—यही कृष्णमूर्ति की शिक्षा का मुख्य केंद्र बिंदु था।

अपने जीवन के अंतिम वर्षों में भी अध्यात्मवेत्ता कृष्णमूर्ति लोगों को जीवन के गूढ़ रहस्यों का उपदेश देते रहे। 1986 में पैंक्रियाटिक कैंसर के कारण कैलिफोर्निया में उनकी मृत्यु हो गई। जब उनकी मृत्यु हुई तो उस समय उनकी आयु लगभग 30 वर्ष थी। हालाँकि आज वे हमारे बीच मौजूद नहीं हैं, लेकिन उनके संवाद एवं विचार आज भी विश्व का मार्गदर्शन कर रहे हैं।

अकेलापन

अकेलापन वह अवस्था है, जो बिना आहट के मन को घर लेती है। यह एक ऐसी अवस्था होती है, जिसमें हम अलग-थलग पड़ जाते हैं और जिसमें कोई संपर्क, कोई संबंध नहीं रह जाता तथा किसी भी प्रकार का संवाद नहीं रह जाता। हम इससे इतने डर जाते हैं कि इसे दर्दनाक की संज्ञा दे देते हैं। यही नहीं, हम इस स्थिति से इतने अधिक डर जाते हैं कि इससे अनेक प्रकार के पलायनों के माध्यम से स्वयं को बचाने का प्रयास करते हैं, चाहे फिर ईश्वर, शराब या मनोरंजन के माध्यम से, जो भी माध्यम मिल जाए, उसी से इसे दूर भगाने का प्रयास करते हैं।

जब हम अकेले पड़ जाते हैं तो भय, व्यग्रता की पीड़ा का अनुभव हमें कचोटता रहता है। जब किसी से आप प्रेम करने लगते हैं तो आपको ऐसा अनुभव होता है कि आप उसके बिना नहीं रह सकते। अकेलेपन का अनुभव न होने देने के लिए वह व्यक्ति के लिए आवश्यक हो जाता है।

—22 जनवरी, 1950 को कोलंबो में हुई
सार्वजनिक वार्त्ता में दिए गए भाषण से उद्धृत

संभवत: सभी इस बात से परिचित हैं कि अकेला होना क्या होता है और हम सभी उस अवस्था से परिचित हैं, जिसमें सभी संबंध टूट जाते हैं, जब भूत-भविष्य का कोई भाव ही नहीं रहता और अलग-थलग पड़ जाने

का एक बोझिल अहसास हमारे ऊपर छा जाता है। कोई भले ही अनेक लोगों के बीच हो, किसी भीड़वाली बस में हो या फिर अपने किसी मित्र के निकट ही बैठा हो, फिर भी अचानक इस अहसास का ज्वर उसे जकड़ लेता है—घोर निरर्थकता का एक हौलनाक अहसास और शून्यता का या रसातल में चले जाने का अहसास। इससे दूर भागना ही इसकी मूल प्रवृत्ति होती है।

—'ऑन रिलेशनशिप' में संकलित और
9 मार्च, 1955 को मुंबई में दिए गए भाषण से उद्धृत

★

अंत

मृत्यु का अर्थ है—अंत हो जाना और हर कोई जिससे डरा हुआ व आशंकित रहता है, वह है अंत। फिर चाहे वह रोजगार का अंत हो या परिवार से संबंधों का अंत हो, किसी प्रेमीजन के दूर चले जानेवाला अंत हो या फिर निरंतरता के टूट जानेवाला अंत हो। अतः जो भी जिस बात से भयभीत रहता है, वह है अंत।

—'लिविंग एंड डाइंग' में संकलित और
7 मार्च, 1962 को मुंबई में दिए गए भाषण से उद्धृत

★

हम अंत से बहुत घबराते हैं और अपना शारीरिक अंत होने से तथा उन सभी चीजों के छूट जाने से भी, जो हमारे नियंत्रण में हैं, जिन्हें प्राप्त करने के लिए हम कोल्हू के बैल की तरह काम करते रहते हैं।

—'लिविंग एंड डाइंग' में संकलित और
7 मार्च, 1962 को मुंबई में दिए गए भाषण से उद्धृत

★

हम सभी के लिए उन संबंधों का अंत हो जाना बहुत अधिक महत्त्वपूर्ण है, जिन्हें हमने जिया है। सुखद और दुःखद स्मृतियों, जिनके सम्मिश्रण को हम जीवन कहते हैं, का अंत होना अत्यधिक महत्त्वपूर्ण है।

—'नेटवर्क ऑफ थॉट' में संकलित और
23 जुलाई, 1981 को दिए गए भाषण से उद्धृत

★

अतीत

कोई भी क्या अपने संपूर्ण अतीत, अपनी संपूर्ण आसक्तियों, व्यग्रताओं और सभी भय एवं अहं के प्रति मनोवैज्ञानिक रूप से इतने निःशेष रूप से मर सकता है कि जब अगले दिन सुबह वह जागे तो बिल्कुल नवीन और ताजा दम व्यक्ति हो! इस पर आपका यह सवाल होगा कि यह कैसे संभव है? इसका कोई उपाय नहीं है, क्योंकि उपाय में आगामी कल निहित होता है। इसमें यह निहित होता है कि कोई भी उस उपाय का अभ्यास करके बाद में कुछ प्राप्त कर सकता है। पर कोई भी बौद्धिक रूप से नहीं, बल्कि वास्तविक रूप से क्या इस बात का सत्य तुरंत देखा जा सकता है कि यह मन तब तक साफ और जीवंत नहीं हो सकता, जब तक इसमें अतीत की प्रत्येक बात का मनोवैज्ञानिक रूप से अवसान न हो जाए। समस्या यह है कि हममें से कोई भी अतीत को छोड़ना ही नहीं चाहता, क्योंकि हम ही अतीत हैं। हमारे विचार एवं ज्ञान अतीत पर ही आधारित हैं, इसीलिए तो हमारा मन भी इसे नहीं छोड़ पाता।

—'लिविंग एंड डाइंग' में संकलित और
20 मार्च, 1969 को लंदन में दिए गए भाषण से उद्धृत

★

मनुष्य के व्यक्तिगत एवं समूहगत दुःखों, कष्टों, खुशियों और जीवन,

मृत्यु व समाज के साथ उसके असाधारण संघर्षों का लेखा-जोखा ही अतीत है। यह सब अतीत ही है और इस अतीत का भविष्य की ओर जारी प्रवाह ही हम अधिकांश लोगों के लिए 'आज' है। घटित अतीत का वर्तमान द्वारा संशोधित रूप ही भवितव्य होगा।

हम अतीत की विशिष्ट शब्दावली में से वर्तमान के अर्थ निकालने में लगे रहते हैं, जिससे अतीत जीवित बना रहता है। अधिकांश लोगों के लिए अतीत की निरंतरता ही वर्तमान रूप में बनी रहती है। हम सभी अपने जीवन की दिन-प्रति-दिन की घटनाओं को देखते हैं, जिनमें सदैव ही न्यूनता होती है और जिनका एक अलग अर्थ होता है, लेकिन हम इन्हें अतीत के मूल्यों से आँकते हैं। यदि किसी ने अपने मन का अवलोकन किया हो और चेतन मन का नहीं, बल्कि अचेतन मन को तो देखा जा सकता है कि यह सभी अतीत ही है।

निश्चय ही कोई भी वर्तमान को इसकी पूर्णता में जी सकता है। ऐसा तभी हो सकता है, जब वह समग्र अतीत को समझ ले। समय के प्रति मर जाना ही वर्तमान में जीना है, लेकिन ऐसा तभी हो सकता है, जब अतीत को समझ लिया जाए। इसका तात्पर्य यह है कि उस चेतन मन को समझ लिया जाए, जो प्रतिदिन दफ्तर जाता है और जानकारी और अनुभव एकत्र करने के साथ-साथ प्रतिक्रियाएँ इत्यादि करता है; बल्कि उस अचेतन मन को भी समझना है, जो परिवार, वर्ग तथा जाति की परंपराओं का संग्रह है। यही सब अतीत है।

—'लिविंग एंड डाइंग' में संकलित और
21 जुलाई, 1963 को सानेन में हुए वार्त्तालाप से उद्धृत

★

हम अतीत से जुड़े रहते हैं और इसी को हम ज्ञात कहते हैं। दूसरी ओर मृत्यु तो अज्ञात है, जिससे हम सभी भयभीत रहते हैं। इस प्रकार ज्ञात और अज्ञात के बीच एक खाई बनी रहती है। ज्ञात से जुड़े रहने को हम अज्ञात के क्षेत्र में प्रवेश करने से बेहतर मानते हैं, क्योंकि हमारा मन सदैव

ज्ञात की परिधि के भीतर ही कार्य करता है और वहाँ सुरक्षा भी है। हम यह सोचते हैं कि वहाँ सुरक्षा है, निश्चितता है और वहाँ स्थायित्व भी है। यदि ध्यान से देखा जाए तो पता चलता है कि यह तो अस्थायी है और पूरी तरह अनिश्चित भी है। फिर भी हम इससे जुड़े रहते हैं, क्योंकि यही कुछ तो है, जिससे हम परिचित हैं, यानी हम केवल अतीत से परिचित हैं।

हम अतीत में जीते हैं और यही अतीत हमारे स्थायित्व की अवस्था बन गया है। जब कोई अवलोकन करता है और अतीत के इस भ्रम को देख लेता है, तब उस प्रत्यक्ष बोध से क्या प्रकट होता है? मेरे विचार से अतीत में जीने की कुछ उपयोगिताएँ तो अवश्य हैं; जैसे मैं अतीत की जानकारी के बिना साइकिल नहीं चला सकूँगा, अंग्रेजी नहीं बोल सकूँगा, कार नहीं चला सकूँगा या फिर कोई अन्य तकनीकी कार्य नहीं कर पाऊँगा इत्यादि।

—'लिविंग एंड डाइंग' में संकलित और
7 सितंबर, 1974 को ब्रॉकवुड पार्क में दिए गए भाषण से उद्धृत

★

जो बातें चेतन मन ने स्कूल में, रोजगार के दौरान, तकनीकी ज्ञान के समय सीखी हैं, उन बातों से ही अतीत का निर्माण होता है। यह सबकुछ स्मृति की यांत्रिक प्रक्रिया का ही एक भाग है, लेकिन इस अतीत में मनोवैज्ञानिक समय भी शामिल होता है।

—'लिविंग एंड डाइंग' में संकलित और
12 जून, 1962 को लंदन में दिए गए भाषण से उद्धृत

★

हम अतीत ही तो हैं, जिसमें न कोई रमणीयता है और न ही कोई अच्छाई।

—'लिविंग एंड डाइंग' से उद्धृत

★

हम उस अतीत में जीते हैं, जो वर्तमान से द्वंद्व करता हुआ हमारे भविष्य की रचना करता है। यह एक स्पष्ट तथ्य है और इसमें जटिल कुछ भी नहीं है। इस प्रकार अतीत समय की निरंतरता के रूप में रहता है। अतीत हमारी सोच, गतिविधि और दृष्टिकोण के आकार को गढ़ता रहता है।

—'लिविंग एंड डाइंग' में संकलित और 24 फरवरी, 1965 को मुंबई में दिए गए भाषण से उद्धृत

★

अतीत का महत्त्व

हम अतीत का परिणाम हैं और हमारे विचार अतीत की ही उपज हैं, लेकिन अतीत के साथ हम आज का सामना तो नहीं कर सकते, क्योंकि आज तो बिल्कुल ही नया है। जब हम अतीत को साथ लेकर नए से मिलते हैं, फिर हम आज को समझने के लिए अतीत की संस्कारबद्धता को ही महत्त्व देते हैं। अतः हमारी समस्या यह है कि नए से मिलने में पुरातन (अतीत) को कैसे समझा जाए और फिर उससे कैसे मुक्त हुआ जाए। पुराना नए को नहीं समझ सकता। अतः अतीत को समझना अत्यंत महत्त्वपूर्ण है।

—'ऑन रिलेशनशिप' में संकलित और 25 दिसंबर, 1949 को कोलंबो में दिए गए भाषण से उद्धृत

★

अंधानुकरण

हम वर्तमान अंधानुकरण के स्थान पर भले ही कोई दूसरा अंधानुकरण चुन लें या फिर वर्तमान व्यवस्था को थोड़ा-बहुत संशोधित करने के लिए हाथ-पैर चला लें, लेकिन अंधानुकरण के चक्रव्यूह से बाहर निकल पाने में

हम स्वयं को विवश सा ही महसूस करते हैं।

—'ऑन रिलेशनशिप' में संकलित और 8 जनवरी, 1950 को कोलंबो में दिए गए भाषण से उद्धृत

अधीरता

अधिकांश लोगों में अधीरता होती है। प्रत्येक अपने प्रश्न का उत्तर तत्काल पाने की इच्छा रखता है या उससे पलायन करने की इच्छा रखता है या फिर तुरंत ही उसका हल खोजता है। इस प्रकार प्रत्येक किसी भी निर्णय पर पहुँचने के लिए बहुत अधीर रहता है और यही अधीरता किसी को भी किसी की समस्या की गहराई तक नहीं पहुँचने देती।

—'ऑन रिलेशनशिप' में संकलित और 31 जुलाई, 1981 को सानेन में दिए गए भाषण से उद्धृत

अनुकरण

• हम परंपरा की नकल करने वाले हैं और परंपरा एक तरह का अनुकरण ही है। आप जब पूजा-अर्चना करते हैं, जनेऊ धारण करते हैं तो वह अनुकरण ही होता है। जब आप पूजा-पाठ आदि अथवा इस तरह का कोई कार्य करते हैं तो क्या खुद से पूछते हैं, 'मैं इसे किस कारण से करूँ' और आप इस संबंध में कभी कोई प्रश्न नहीं पूछते। आप केवल इसे स्वीकार कर लेते हैं, क्योंकि आपके माता-पिता इसे करते रहे हैं, समाज के दूसरे लोग इसे करते हैं और इस प्रकार देखते-करते हुए आप भी अनुकरण करनेवाली मशीन बनकर रह जाते हैं।

• अनुकरण करना एक सीमा तक तो उचित है, उदाहरण के लिए किसी गीत का मुखड़ा अथवा गणित आदि सीखने के लिए। अनुकरण करने की प्रवृत्ति को जब मनोवैज्ञानिक और भावनात्मक स्तर पर आचरण में लाया

जाता है तो वह हानिकारक हो जाता है। क्या आप जानते हैं कि 'मनोवैज्ञानिक' से क्या तात्पर्य है ? इससे तात्पर्य है—स्व, अहं, सूक्ष्मतर भावनाएँ, अंत:करण का स्वभाव। अनुकरण जब इस स्तर पर प्रारंभ हो जाता है तो सृजनात्मकता कहीं खो जाती है। यह अत्यधिक बड़ी जटिल समस्या है, क्योंकि अनुकरण करने, अनुरूप होने का अर्थ है—किसी निश्चित साँचे के अनुसार कार्य करना। अनुसरण करने, अनुरूप होने से तात्पर्य स्मृति के अनुसार कार्य करने को सही मानना है। अनुभव अनुकरण ही होता है, क्योंकि अतीत ही अनुभव को निर्देश देता है और वास्तव में अनुकरण ही अतीत है।

—6 जनवरी, 1954 को राजघाट बीसेंट स्कूल, वाराणसी के विद्यार्थियों से वार्त्तालाप करते हुए

अनुसंधान

प्राचीनकाल से ही प्रत्येक व्यक्ति यह विचार करता आया है कि इस साधारण दैनिक जीवन से हटकर यानी दु:ख और द्वंद्व से कुछ तो अलग होना चाहिए। अपने इस अनुसंधान के दौरान मनुष्य ने अनेक प्रकार के दर्शनों का, कई प्रकार की प्रतिमाओं का निर्माण किया है और इसी अनुसंधान के दौरान उसने अनेक प्रकार की गतिविधियों की रचना कर डाली है।

—'नेटवर्क ऑफ थॉट' में संकलित और 26 जुलाई, 1981 को जानेन में दिए गए भाषण से उद्धृत

अपने बारे में

हमेशा ही मेरे साथ कोई-न-कोई भय लगा रहा है। बाल्यावस्था में मैं बहुत ही शर्मीले एवं संकोची स्वभाव का था और अब वृद्धावस्था से और मृत्यु से भयभीत हूँ। मुझे पता है कि हम सभी को मरना है, लेकिन फिर भी

कोई तर्क मेरे इस भय को कम नहीं कर पाता। मैं साइकिल रिसर्च सोसायटी में सम्मिलित हो गया हूँ और मैंने इस सोसायटी की आत्मा बुलानेवाली बैठकों में भाग लिया है, साथ ही यह भी पढ़ा है कि महान् लोगों ने मृत्यु के विषय में क्या कहा है, लेकिन मेरा भय फिर भी बना हुआ है। यह भय मेरे लिए एक समस्या बन गया है।

मैं मृत्यु और हिंसा के विचित्र रूप से भयभीत हूँ। यद्यपि यह कोई विक्षिप्तावस्था नहीं है, लेकिन ऐसा लगता है कि हो जाएगी। इस भय को काबू में करने के लिए मुझसे जो भी संभव था, वह मैं कर चुका हूँ। मैंने इससे दूर भागने का प्रयास भी किया है, लेकिन फिर भी मैं इससे मुक्त नहीं हो पाया हूँ।

★

अलगाव

लोगों, विचारों और वस्तुओं के साथ हमारा क्या रिश्ता है, अलगाव ही इसे जानने-समझने का अवसर नहीं देता। जब तक व्यक्ति यह नहीं जान पाता कि उसके और उसकी संपत्ति के बीच, उसके और लोगों के बीच, उसके और विचारों के बीच वास्तविक संबंध क्या है, तब तक निश्चय ही भ्रांतियाँ और टकराव बने रहेंगे।

—'ऑल रिलेशनशिप' में संकलित और 1 जनवरी, 1950 में कोलंबो में दिए गए भाषण से उद्धृत

★

मनुष्य ने प्रेम के बारे में अनेक अवधारणाएँ पाल रखी हैं कि प्रेम कैसा होना चाहिए और कैसा नहीं होना चाहिए। यह मनुष्य का दुर्भाग्य है कि धार्मिक संतों की यह अवधारणा है कि किसी स्त्री को प्रेम करना अनुचित है, पाप है। यदि कोई भी मनुष्य किसी अन्य को प्रेम करता है तो उसका ईश्वर संबंधी अवधारणा के निकट पहुँच पाना लगभग असंभव है। संतों ने

प्रेम को उठाकर एक तरफ तो रख दिया है, लेकिन प्रायः वे इसकी आग में जलते-जलते राख हो जाते हैं। अतः प्रेम के बारे में यह प्रश्न करने से पहले कि प्रेम क्या है, क्या होना चाहिए और क्या नहीं होना चाहिए, हमें सबसे पहले सभी अवधारणाओं और सभी वैचारिक सिद्धांतों को एक ओर रख देना होगा।

—8 नवंबर, 1967 को ऋषि वैली में दिए गए भाषण से उद्धृत

अवधान

यह तो हर कोई जानता है कि किसी भी विषय में आरंभ से अंत तक अत्यधिक अवधान के साथ चर्चा करना सबसे अधिक कठिन कार्यों में से एक है। ऐसा बहुत ही कम लोग कर पाते हैं और यह एक विषय है, जिसे संपूर्ण अवधान की आवश्यकता है, न कि सिद्धांतों की; अपितु निरंतर अवधान की, ध्यान देने की बात की आवश्यकता होती है। ऐसा करने की चाहत बहुत ही कम लोगों में होती है। हालाँकि वे ऐसा कर सकते हैं, लेकिन वे बहुत ही आलसी और उदासीन होते हैं। यदि कोई आकर्षित है और वह कुछ खोजना चाहता है, तो उसे संपूर्ण अवधान की आवश्यकता होती है।

—'लिविंग एंड डाइंग' में संकलित और
30 जुलाई, 1976 को सानेन में हुए
वार्त्तालाप से उद्धृत

ध्यान वह अवधान है, जिसमें सजगता है—कलकल करती बहती जलधारा, पत्तियों का धीरे-धीरे हिलना, कौए की काँव-काँव, किसी को आवाज लगाता लड़का, भावनाएँ, उद्देश्य, एक-दूसरे के पीछे दौड़ते विचार, पूरी चेतना की सजगता। इस अवधान के चलते भविष्य के विस्तृत क्षेत्र में

दौड़ता अतीत रूपी समय और चेतन मन सब शांत व स्थिर हो जाते हैं।

—'लिविंग एंड डाइंग' में संकलित और 23-31 अगस्त, 1964 को मस्टाड में दिए गए भाषण से उद्धृत

★

अवधान का अभिप्राय है कि व्यक्ति संपूर्ण क्षमता, संपूर्ण ऊर्जा अवलोकन में प्रयुक्त कर रहा है। इस प्रकार अवधान का अर्थ है ध्यान देना।

अवधान में न तो कोई नियंत्रण करनेवाला होता है और न ही नियंत्रण का विषय। बस अवधान मात्र होता है।

—'नेटवर्क ऑफ थॉट' में संकलित और 26 जुलाई, 1981 को जानेन में दिए गए भाषण से उद्धृत

★

अवलोकन

स्वयं का और संसार का अवलोकन करने पर जो दिखाई देता है, उसका एक पहलू मन की एक विचित्र अवस्था है, जो निरंतर पतन और अवनति की ओर जा रही है। मुझे नहीं पता कि आपने अपने मन का स्वयं कभी अवलोकन किया है या नहीं। हम केवल दूसरों के मन की स्थिति को ही नहीं देखते, बल्कि स्वयं अपने मन का अवलोकन भी करते हैं और देखते हैं कि धीरे-धीरे एक अवनति हो रही है। ऐसा नहीं है कि हम किसी ऊँचाई तक पहुँच गए थे और अब नीचे की ओर जा रहे हैं। हम देखते हैं कि हमारे भीतर एक पैनापन, स्पष्टता और सटीकता नहीं है, जो अवलोकन के लिए आवश्यक है।

व्यक्ति को अपने मन का अवलोकन करते रहना चाहिए। उसे वक्ता के शब्दों में नहीं उलझना चाहिए। वक्ता तो केवल वर्णन कर रहा है, लेकिन

वह वर्णन तथ्य नहीं है।

—'लिविंग एंड डाइंग' में संकलित और 6 नवंबर, 1963 को नई दिल्ली में दिए गए भाषण से उद्धृत

★

जब किसी का किसी भी संगठन से, किसी भी गुट से, किसी भी विशिष्ट धर्म से और किसी भी विशिष्ट राष्ट्रीयता से कोई अर्थ नहीं होता, तभी वह वास्तव में अवलोकन कर पाता है। यदि किसी ने पुस्तकों से तथा अनुभवों से बहुत सारा ज्ञान एकत्र कर लिया है और उसका मन पहले से ही भरा हुआ है तो फिर यह उसके अवलोकन में बाधा बनेगा। संसार में जो भी घटित हो रहा है, उसका अवलोकन करने के लिए क्या हम सभी इन बातों से मुक्त हो सकते हैं?

—'नेटवर्क ऑफ थॉट' में संकलित और 12 जुलाई, 1981 को जानेन में दिए गए भाषण से उद्धृत

★

अवस्था

प्रत्येक मनुष्य एक शिशु के समान ताजगी के साथ जन्म लेता है, लेकिन बड़ी और बूढ़ी होती यह पीढ़ी मनुष्य पर बुढ़ापा थोप देती है। यह पीढ़ी, जो क्षीणता, कुरूपता, दुःख, भय और ज्ञान के चलते बूढ़ी हो गई है, वह यह सबकुछ बचपन पर भी थोप देती है। ये सब मौत में उतरने के लिए अभी से बूढ़े हो गए हैं। समाज के पुराने ढाँचे में जकड़ी हर पीढ़ी की यही स्थिति होती है, लेकिन समाज किसी नूतन व्यक्तित्व को और किसी अस्तित्व को बिल्कुल भी नहीं चाहता है। यह तो बस व्यक्ति को प्रतिष्ठा के योग्य ही बनाना चाहता है और इसीलिए उसे अपने अनुसार ढाल लेता है, उसे अपना आकार दे देता है और इस तरह वह बाल्यावस्था के कोरेपन को खत्म कर देता है। पूरी दुनिया में अब यही तो घटित हो रहा है। जब

कोई वयस्क अवस्था तक पहुँचता है तो वह वृद्धावस्था को प्राप्त हो चुका होता है।

—'लिविंग एंड डाइंग' में संकलित और 7 मार्च, 1962 को मुंबई में दिए गए भाषण से उद्धृत

अवलोकन का अर्थ

हमारे लिए सबसे आवश्यक यह है कि अवलोकन है क्या—किसी अन्य के साथ अपने संबंधों का अवलोकन करना, चाहे वे संबंध करीबी हों या फिर दूर के। पूरा ध्यान ही यानी पूरी अहमियत देना ही अवलोकन का अर्थ है। इसी बातचीत के दौरान यह प्रयोग करके देखिए, लेकिन किसी सामूहिक थैरेपी की तरह नहीं, क्योंकि वह तो बहुत ही भयंकर है और न ही किसी सामूहिक मनोरंजन की तरह, जो कि अटपटा सा होगा, बल्कि आप जो हैं, उसका यथार्थता से अवलोकन करते चलिए। यह सबकुछ बिना किसी जोड़-तोड़ के होना चाहिए, ताकि कोई पूर्वग्रह, कोई विशेष रुझान इसमें घुसपैठ करने में सफल न हो सके।

जब आप अवलोकन करेंगे तो पता चलेगा कि किसी अन्य के साथ आपके जो भी संबंध हैं, वे ज्ञानाधारित हैं और यह भी कि वह ज्ञान, जो किसी व्यक्ति के बारे में एक छवि बन गया है, यह बात बिल्कुल स्पष्ट है।

—10 मार्च, 1973 को सैन फ्रांसिस्को में दिए गए भाषण से उद्धृत

अस्तित्व का अर्थ

अस्तित्व का अर्थ है 'होना' अर्थात् संबंधित होना। जब हम संबंध को ही समझने में असमर्थ रहते हैं तो फिर हम समग्रता को भी नहीं समझ पाते। संबंधों में पीड़ा और क्षोभ बहुत होते हैं और ये हमारे सामने आए दिन नई-नई माँगें प्रस्तुत करते हैं। यही कारण है कि इनसे किनारा करके हम

उसकी शरण में चले जाते हैं, जिसे 'ईश्वर' कहा जाता है।

—'ऑन रिलेशनशिप' में संकलित और 14 दिसंबर, 1949 में दिए गए शजमंडरी में भाषण से उद्धृत

आत्मनिर्भरता का ज्ञान

केवल संबंध में 'स्व' उजागर होता है। जिस प्रकार मैं अपने पड़ोसी से बात करता हूँ, जिस प्रकार मैं संपत्ति को महत्त्व देता हूँ और जिस प्रकार मैं अनुभव से, ज्ञान से या विश्वास के अत्यंत निकट होता हूँ, इस सबका अवलोकन करते हुए और देखते-समझते हुए ही 'स्व' का उजागर होता है। यहाँ कहने का अर्थ यह है कि तब मुझे आत्मनिर्भरता का ज्ञान होता है।

—9 मार्च, 1955 को मुंबई में दिए गए भाषण से उद्धृत

अधिकांश लोग संबंधों को सुरक्षा या सुख-सुविधा के रूप में स्थापित करते हैं। ऐसे संबंधों में हम संपत्ति और लोगों को अपनी परितुष्टि के लिए प्रयुक्त करते हैं, जबकि विश्वास को हम सुरक्षा के रूप में देखते हैं। संबंध कोई यांत्रिक हेर-फेरवाली वस्तु नहीं है।

—'ऑन रिलेशनशिप' में संकलित और 1 जनवरी, 1950 को कोलंबो में दिए गए भाषण से उद्धृत

आदर्श

अधिकांश लोगों के कुछ आदर्श होते हैं और यह एक विचित्र विडंबना है कि विश्व में कहीं भी जाइए, हर मनुष्य का कोई-न-कोई आदर्श अवश्य ही होता है, फिर चाहे वह जैसा भी क्यों न हो।

—'लिविंग एंड डाइंग' में संकलित और 30 जुलाई, 1976 को सानेन में हुए वार्त्तालाप से उद्धृत

आदर्श का अर्थ है भविष्य में उपलब्ध करने की कोई चीज।

—'नेटवर्क ऑफ थॉट' में संकलित और 14 जुलाई, 1981 को जानेन में दिए गए भाषण से उद्धृत

यह तो हर कोई जानता है कि व्यक्ति कितना कुछ जमा कर लिया करता है और केवल मकान या बैंक खाते ही नहीं, बल्कि अपमान और विनती की यादें इत्यादि। यह सबकुछ बिना किसी बहस और भय के छोड़ देना या इन सबके प्रति एक प्रकार से मर जाना, कभी यह भी करके देखिए। पूर्वी देशों में एक कहावत बहुत प्रचलित थी कि कोई अमीर व्यक्ति हर पाँच साल के बाद या फिर कुछ समय अंतराल के बाद सबकुछ त्यागकर जिंदगी फिर से नए सिरे से शुरू किया करता था, लेकिन आज व्यक्ति ऐसा नहीं कर सकता। आज इतनी भीड़ है कि हर कोई आपकी नौकरी के पीछे लगा हुआ है। मानसिक तौर पर ऐसा कर पाना आसान नहीं है। पति, पत्नी, बच्चे और वस्त्र छोड़ने की बात नहीं है; बल्कि बात यह है कि मन में किसी भी तरह की आसक्ति न होना।

—'लिविंग एंड डाइंग' में संकलित और 19 मई, 1968 को एम्सटर्डम में दिए गए भाषण से उद्धृत

अपनी सभी ज्ञात चीजों के प्रति आसक्त रहने के कारण हम जिस बात से भयभीत रहते हैं, वह है उस आसक्ति का पूरी तरह समाप्त हो जाना। अपने नाम के प्रति आसक्ति, अपने परिवार एवं रोजगार के प्रति आसक्ति, जिस पुस्तक को मैंने लिखा है और जिसे लिखने की आशा रखता हूँ, उसके प्रति आसक्ति, यानी विभिन्न रूपों में आसक्ति। इन सब आसक्तियों का समाप्त हो जाना ही मृत्यु है। ऐसे में क्या कोई रोजाना जीते हुए आसक्ति से मुक्त हो सकता है और मृत्यु को आमंत्रित कर सकता है ?

—'लिविंग एंड डाइंग' में संकलित और 7 सितंबर, 1974 को ब्रॉकवुड पार्क में दिए गए भाषण से उद्धृत

आप अपनी पत्नी या संपत्ति के प्रति आसक्त हैं और यह एक तथ्य भी है। अपने सोचने-समझने के तौर-तरीकों और अपनी अवधारणाओं के प्रति आपकी आसक्ति है।

मनुष्य क्यों आसक्त है ? यही एक वास्तविक सवाल है, यह नहीं कि विरक्त कैसे हुआ जाए। यदि मनुष्य विरक्त होने का प्रयास करेगा तो वह केवल उसके विपरीत को पोषित कर रहा होगा और इसीलिए अंतर्विरोध जारी रहेगा, पर मनुष्य का मन जिस क्षण इस आसक्ति से मुक्त होता है, उसी क्षण यह आसक्ति के माध्यम से पोषित की जा रही उस निरंतरता के भाव से भी मुक्त हो जाता है, फिर मनुष्य आसक्त क्यों है ? ऐसा इसलिए, क्योंकि वह इससे भयभीत है कि वह आसक्ति के बिना कुछ नहीं कर सकेगा।

—'लिविंग एंड डाइंग' में संकलित और 9 दिसंबर, 1959 को मद्रास पार्क में दिए गए भाषण से उद्धृत

★

आसक्ति और निर्भरता

जिसे हम प्रेम कहते हैं, उसमें आसक्ति और निर्भरता का भाव बना रहता है। यह हमारे अकेलेपन एवं स्वयं के आधे-अधूरेपन से पैदा होता है। यही कारण होता है कि हम किसी का सहारा ले लेते हैं और फिर उस पर निर्भर रहने लगते हैं।

—'ऑन रिलेशनशिप' में संकलित और 8 दिसंबर, 1973 को ब्रॉकवुड पार्क में दिए गए भाषण से उद्धृत

★

आसक्ति की समस्याएँ

जब कोई संबंधों में स्थायित्व चाहता है, तब आसक्ति की अनेक समस्याएँ उत्पन्न हो जाती हैं। जब कोई आसक्त होता है तो भय की, खो जाने की,

संदेह, घृणा और ईर्ष्या की सारी समस्याएँ स्थायी संबंध पाने की इच्छा की समस्या में प्रवेश कर जाती हैं।

—'ऑन रिलेशनशिप' में संकलित और 25 जुलाई, 1974 को जानेन में दिए गए भाषण से उद्धृत

आवश्यकताओं पर टिके संबंध

जो संबंध पारस्परिक आवश्यकताओं पर टिके रहते हैं, उनसे द्वंद्व ही पैदा होता है। कोई किसी पर कितना भी निर्भर हो, वह एक-दूसरे को किसी-न-किसी प्रयोजन और किसी-न-किसी उद्देश्य के लिए प्रयोग कर रहा है। जब किसी की दृष्टि उद्देश्य पर टिकी रहती है तो फिर उसमें संबंध नहीं रह पाता। तब ऐसा भी हो सकता है कि कोई तुम्हें प्रयोग कर रहा हो और तुम किसी को या उसे प्रयोग कर रहे हो। इस प्रयोग में व्यक्ति का संपर्क टूट जाता है। अतः पारस्परिक प्रयोग पर टिका समाज हिंसा की जड़ है। जब कोई किसी का प्रयोग करता है तो उसका ध्यान प्रायः उद्देश्य पर ही लगा होता है। यह उद्देश्य सम्मिलन दीवार बनकर खड़ा रहता है। किसी दूसरे को प्रयोग करना कितना भी सुख-सुविधावाला क्यों न हो, लेकिन इसमें एक प्रकार का भय सदैव बना रहता है। इसी भय से बचने के लिए व्यक्ति को किसी भी वस्तु का स्वामी बनना पड़ता है और स्वामी बनने से संदेह और द्वंद्व पैदा होने लगते हैं। अतः ऐसा संबंध कभी भी सुखदायी नहीं होता।

—'ऑन रिलेशनशिप' में संकलित और 22 जनवरी, 1950 को कोलंबो में में हुई रेडियोवार्त्ता से उद्धृत

ईश्वर

आज जिस प्रकार का विश्व है और जैसी इसकी वर्तमान संरचना है, यह विश्व ईश्वर ने तो नहीं बनाया है। इस विश्व में युद्ध की, भीषण क्रूरता

की और अहंकेंद्रित कृत्यों की भरमार है। निश्चय ही ईश्वर ने यह समाज नहीं रचा है, लेकिन मनुष्य ने ईश्वर को अपनी कल्पना में अवश्य ही गढ़ लिया है। मनुष्य भयभीत रहता है, उसे सुख-सुविधा, सुरक्षा एवं स्थिरता की चाहत रहती है, उसने एक अवधारणा बना ली है, जिसे ईश्वर का नाम दे दिया है। यह विडंबना या बेतुकापन है कि ईश्वर को मनुष्य द्वारा रच लिया गया है।

—'ऑन रिलेशनशिप' में संकलित और
25 जनवरी, 1981 को बंबई में दिए गए भाषण से उद्धृत

इच्छा

प्रत्येक व्यक्ति के जीवन में इच्छा एक अत्यावश्यक प्रेरणा की तरह है। यह सभी धर्मों ने कहा है कि यदि किसी को भगवान् की सेवा करनी है तो इच्छा को वश में करना होगा, इच्छा को नष्ट करना होगा या इच्छा को नियंत्रित करना होगा।

इच्छा वास्तविक है और लोग समझते हैं कि इच्छा के स्थान पर किसी दूसरी चीज की स्थापना करने से उसे नियंत्रित कर लिया जाएगा। इसके अतिरिक्त आप उस व्यक्ति की शरण में जाते हैं कि जिसे आप महात्मा या गुरु कहते हैं। ये सब विचार के ही क्रियाकलाप हैं। इस प्रकार इच्छा की समग्र गतिविधि को समझना हमारे लिए बहुत ही आवश्यक है।

यह समझना बहुत ही आवश्यक है कि इच्छा का स्वरूप क्या है और इच्छा जीवन में असाधारण भूमिका क्यों निभाती रही है तथा यह समझना भी आवश्यक है कि इच्छा कैसे स्पष्टता को विकृत कर देती है और प्रेम की उस अद्‌भुत गुणवत्ता में कैसी आड़े आती है। अत: आवश्यकता है कि हम सभी इच्छा को समझें, न कि उसका दमन करें।

अगर हमें इच्छा के बारे में सच्चाई को जानना है तो हमें एक-दूसरे की बात सुनने की आवश्यकता है। जब हम इच्छा के अर्थ को और

उसकी सच्चाई को समझ पाएँगे, तो इच्छा का हमारे जीवन में कुछ अलग ही मूल्य होगा।

जब कोई इच्छा का निरीक्षण करता है, तब क्या वह किसी अजनबी की भाँति उसे देखता है। ऐसा नहीं कि इच्छा करनेवाले व्यक्ति से इच्छा बिल्कुल अलग है, क्योंकि इच्छा करनेवाला व्यक्ति स्वयं ही इच्छा है।

जब कोई हरे रंग का कुरता या हरे रंग की पोशाक देखता है तो उसे देखते ही उसमें एक अहसास पैदा होता है, फिर संपर्क होता है और उसके बाद उस संपर्क के फलस्वरूप विचार उस कुरते को या पोशाक को पहने हुए उसकी एक छवि तैयार करता है और उस कुरते को या पोशाक को पाने की वह छवि इच्छा जगाती है। इसी प्रकार इच्छा का आरंभ होता है।

—'नेटवर्क ऑफ थॉट' में संकलित और

19 जुलाई, 1981 को जानेन में दिए गए भाषण से उद्धृत

इच्छा को समझने के लिए अवधान एवं गंभीरता की आवश्यकता होती है। यह एक बड़ी जटिल समस्या है। यह जानना एवं समझना होगा कि मनुष्य क्यों अपनी इच्छा की इस अवधारणा के सहारे जीता रहा है।

इच्छा हमें एक-दूसरे के साथ तुलना करने के लिए, एक-दूसरे का अनुकरण करने के लिए और एक-दूसरे से मेलजोल बढ़ाने के लिए उद्यत करती है। अपनी स्वयं की प्रकृति को समझने के लिए यह समझना बहुत आवश्यक है कि इच्छा क्या है। इच्छा से भागना नहीं है और न ही उसका दमन करना है, बल्कि उसे समझना है और संपूर्ण गतिशील को देखना है।

इच्छा संकल्प का सारतत्त्व है। इच्छा चाहे यौन से संबंध रखती हो, वह हमेशा प्रेम में बाधा बनती है।

—'नेटवर्क ऑफ थॉट' में संकलित और 19 सितंबर, 1981 को

एम्सटर्डम में दिए गए भाषण से उद्धृत

कंप्यूटर

सभी के लिए कंप्यूटर की जटिलताओं और उसके भविष्य को समझना बहुत आवश्यक है। विचार के क्षेत्र में कंप्यूटर मनुष्य से बहुत आगे निकल जानेवाला है। कंप्यूटर समाज का और सरकार का ढाँचा बदल देगा। कंप्यूटर की अपनी यांत्रिक बुद्धि होती है, वह सीख सकता है और नया आविष्कार भी कर सकता है। कंप्यूटर मानवीय श्रम को लगभग अनावश्यक बना देगा। शायद कंप्यूटर के चलते मनुष्य को दिन में केवल दो ही घंटे कार्य करने की आवश्यकता हो।

कंप्यूटर का आविष्कार विचार ने किया है। कंप्यूटर की यांत्रिक बुद्धि मानवीय बुद्धि से निकली जा रही है। कंप्यूटर मनुष्य के जीवन में पूरी तरह से क्रांति लाने जा रहा है।

यदि हमारे पास क्षमता नहीं है तो मानव-मस्तिष्क की क्रियाओं को कंप्यूटर अपने अधीन कर लेगा, क्योंकि कंप्यूटर मानव-मस्तिष्क से कहीं अधिक समर्थ, कहीं अधिक तेज रफ्तार और कहीं अधिक दोषरहित है। यह कोई ऐसी-वैसी साधारण बात नहीं, बल्कि बहुत ही गंभीर बात है। कंप्यूटर एक नए धर्म का आविष्कार तक कर सकेगा।

चूँकि कंप्यूटर एक नियोजनबद्ध यांत्रिक रचना है, अत: उसकी कोई समस्या नहीं होगी, इसीलिए वह सबको पीछे छोड़कर बहुत ही आगे निकल जाएगा। कंप्यूटर विकसित होता रहेगा और अधिकाधिक बढ़ता रहेगा।

—'नेटवर्क ऑफ थॉट' में संकलित और
14 जुलाई, 1981 को जानेन में दिए गए भाषण से उद्धृत

★

आज जीवनयापन के लिए जिस विशेषज्ञता की आवश्यकता है, उसका स्थान कंप्यूटर ले लेगा। फिर उस विशेषज्ञता की आवश्यकता नहीं होगी। यह प्रतीत होता है कि कंप्यूटर शल्य चिकित्सा को अपने अधीन कर लेगा

और शेष कार्यों को भी कंप्यूटर पूरी तरह अधीन कर लेगा।

—'नेटवर्क ऑफ थॉट' में संकलित और 21 जुलाई, 1981 को जानेन में दिए गए भाषण से उद्धृत

❦★❦

कर्म-व्यवस्था

मृत्यु को प्राप्त होना जीवन का एक हिस्सा है। मृत्यु को प्राप्त हुए बिना कोई भी व्यक्ति प्रेम नहीं कर सकता—उन सभी चीजों के प्रति मरना, जो आपकी ही इच्छाओं से उत्पन्न हो गई हैं। संपूर्ण अतीत के प्रति और सभी अनुभवों के प्रति मरने के बाद ही आप जान सकेंगे कि प्रेम क्या है और यह भी कि जीना क्या होता है। अतः जीना, मरना और प्रेम करना एक ही बात है और यह बात एकदम पूरी तरह वर्तमान में जीने से जुड़ी हुई है। तब वह कर्म संभव होता है, जो उस अंतर्विरोध से ग्रस्त नहीं होता है, जो अपने साथ दुःख और पीड़ा लाता है। इस प्रकार जीने में, मरने में और प्रेम करने में कर्म की सार्थकता है तथा यही कर्म-व्यवस्था है।

—'लिविंग एंड डाइंग' से उद्धृत

❦★❦

कर्म की सार्थकता

कर्म की सार्थकता केवल संबंधों में ही होती है और संबंधों को समझे बिना कुछ करना केवल द्वंद्व को जन्म देता है। कुछ करने की अपेक्षा, योजनाएँ गढ़ने की अपेक्षा कहीं अधिक महत्त्वपूर्ण होता है संबंधों को समझना।

—'ऑन रिलेशनशिप' में संकलित और 22 जनवरी, 1950 को कोलंबो में हुई रेडियोवार्त्ता से उद्धृत

❦★❦

क्रांति

जब तक प्रत्येक व्यक्ति का रूपांतरण नहीं हो जाता, तब तक विश्व में

कोई मूलभूत क्रांति नहीं हो सकती। व्यक्ति का रूपांतरण हुए बिना सामाजिक व्यवस्था में होनेवाली क्रांति हमें केवल और भी बड़े द्वंद्व और विध्वंस की ओर ही ले जाती है, क्योंकि समाज आपके, मेरे और दूसरों के ही संबंधों से तो बना है। अत: जब तक संबंधों में मूलभूत क्रांति नहीं आती, तब तक शांति बनाए रखने के प्रयास, फिर भले ही वे कितने ही क्रांतिकारी क्यों न हों, बस सुधार ही बनकर रह जाते हैं।

—'ऑन रिलेशनशिप' में संकलित और 22 जनवरी, 1950 को कोलंबो में हुई रेडियोवार्त्ता से उद्धृत

हममें से अधिकांश लोग आंशिक क्रांति के बारे में सोचते हैं—भले ही वह आर्थिक हो अथवा सामाजिक, किंतु मैं जिस क्रांति की बात कर रहा हूँ, वह प्रत्येक स्तर पर मानवीय चेतना, मानव-जीवन और उसके अस्तित्व में होनेवाली संपूर्ण क्रांति है। इसके लिए गहरी सूझ-बूझ का होना बहुत जरूरी है। यह किसी सिद्धांत अथवा विचार पद्धति का परिणाम नहीं होती है। किसी भी वैचारिक संरचना के दायरे में क्रांति का सूत्रपात नहीं हो सकता है। वैचारिक संरचना अपना विशिष्ट प्रभाव तो छोड़ सकती है, किंतु वह प्रभाव क्रांति नहीं होता है। आज के दौर में जिस क्रांति की आवश्यकता है, वह तभी संभव है, जब मानव-मन के कार्य करने की रीति की हमें पूरी समझ हो। हमें यह समझ किसी विशेष धर्म अथवा दार्शनिक सिद्धांत जैसे मार्क्सवाद अथवा विशेष व्यवस्था जैसे पूँजीवाद से नहीं आ सकती। जब एक पूर्ण प्रक्रिया के रूप में हमारे अंदर अपनी स्वयं की समझ होगी, तभी क्रांति जटिल होना संभव है।

क्या केवल आर्थिक स्तर पर परिवर्तन लाना पर्याप्त है या मानवीय सोच में एक संपूर्ण क्रांति लाना आवश्यक है? यदि संपूर्ण क्रांति लाना संभव है और मेरा कहना है कि यह अवश्य संभव है तो यही समस्याओं के समाधान का एकमात्र तरीका है। वास्तविक क्रांति तभी संभव है, जब आप अपने जीने के तरीकों को समझने लगें और आप केवल हिंदू अथवा ईसाई ही न बने रहें।

अगर मैं अपने मन की कार्यप्रणाली को समझ लेता हूँ, अपने हृदय की कार्य-पद्धति को समझ लेता हूँ तो समग्र क्रांति घटित होने की संभावना बढ़ जाती है और इसी प्रकार की क्रांति विश्व में शांति और सुरक्षा की स्थापना कर सकती है।

—10 जनवरी, 1954 को बनारस हिंदू विश्वविद्यालय, वाराणसी के विद्यार्थियों से वार्त्तालाप करते हुए

★

इस देश को शताब्दियों से जिन आदर्शों की निरंतर घुट्टी पिलाई जाती रही है, वे सभी भ्रामक हैं। आपको अहिंसा का पाठ पढ़ाते हुए ही बड़ा किया जाता है, हालाँकि आप हिंसक हैं। क्या यह उचित न होता कि आपको अहिंसा के बजाय हिंसा की वस्तुस्थिति समझाई जाती? यदि आप वास्तव में जो हैं, जैसे हैं की समझ रखते हैं तो तब निश्चय ही वास्तविक क्रांति होगी।

—5 जनवरी, 1954 को राजघाट बीसेंट स्कूल, वाराणसी के विद्यार्थियों से वार्त्तालाप करते हुए

★

कारण

कोई भी केवल कारण ढूँढ़ लेने से मन को मुक्त नहीं कर पाएगा। व्यक्ति अपनी बीमारी का कारण ढूँढ़ सकता है, लेकिन उसे उस बारे में कुछ तो करना ही होगा, यानी उसे चिकित्सक के पास जाना होगा और हो सकता है कि उसे शल्य-चिकित्सा करनी पड़े। इसका अर्थ तो यही हुआ न कि उसे कुछ करना होगा, लेकिन अधिकांश लोग मानते हैं कि कारण ढूँढ़ लेने भर से उसने पूरी समस्या का हल ढूँढ़ लिया।

—'लिविंग एंड डाइंग' में संकलित और 5 नवंबर, 1963 को नई दिल्ली में दिए गए भाषण से उद्धृत

गतिविधि के परिप्रेक्ष्य में संबंध

गतिविधि के अर्थ को समझने के लिए सर्वप्रथम संबंध को समझने की आवश्यकता है। यदि हम संबंध को एक मन बहलानेवाली वस्तु के रूप में लें तो संबंध केवल एक गतिविधि ही बनकर रह जाता है। क्या हमारे अधिकांश संबंध केवल भटकाव नहीं हैं और क्या केवल हमारे संबंध गतिविधियों का एक सिलसिला सा बनकर नहीं रह गए हैं ? जब संबंध मन की परतों को उघाड़कर सामने लाते हैं, तभी उनमें सार्थकता आती है और फिर हम संबंध की गति से परिचित होते चले जाते हैं; हालाँकि हममें से अधिकांश लोग स्वयं को संबंधों में प्रत्यक्षतः देखने के इच्छुक नहीं हैं, बल्कि हम तो संबंधों को अपनी परेशानियों, कमियों और अनिश्चितताओं में ढकने का प्रयोग करते हैं। इस तरह संबंध केवल व्यस्तता एवं गतिविधि ही बनकर रह जाते हैं।

—'ऑन रिलेशनशिप' में संकलित और 17 जुलाई, 1949 को ओहाय में दिए गए भाषण से उद्धृत

गवेषणा

जब हम किसी चीज की समीचीन गवेषण करते हैं, तब ही हम उसके सत्य का अन्वेषण कर पाते हैं। सही-सही गवेषणा करने के लिए स्वतंत्रता का होना आवश्यक है। यदि कोई भयग्रस्त है तो वह गवेषणा नहीं कर पाएगा।

यदि किसी में किसी भी प्रकार का पूर्वग्रह, विश्वास, आशा या कोई भय विद्यमान है तो वह गवेषणा नहीं कर सकता। उचित और गंभीर गवेषणा के लिए आवश्यक है कि कोई ऐसा पूर्वग्रह न हो, जो तथ्यों को तोड़-मरोड़ दे और न ही कोई भय हो।

—'लिविंग एंड डाइंग' में संकलित और 30 जुलाई, 1976 को सानेन में हुए वार्त्तालाप से उद्धृत

गतिविधि और संबंध

जब तक मनुष्य के संबंध तुष्टि, पलायन या मन-बहलाव पर आधारित होंगे, तब तक वे गतिविधि ही बने रहेंगे और फिर आत्मबोध का होना संभव नहीं होगा। हाँ, स्वयं को समझना, स्वयं का अन्वेषण करना और 'स्व' के तौर-तरीकों को उजागर करना, यह सब किया जाना तो संबंधों के माध्यम से ही संभव है। आखिरकार संबंधों के तो बिना कोई भी नहीं रह सकता, लेकिन फिर मनुष्य संबंधों को अपनी तुष्टि या सुविधा के लिए प्रयोग करना चाहता है। इसका सीधा सा अर्थ यह हुआ कि संबंधों का प्रयोग किया जाता है, जोकि विचार पर आधारित हैं, यानी संबंधों में मन की महत्त्वपूर्ण भूमिका होती है। मन का संबंध स्वयं को संरक्षित करने तथा ज्ञात की परिधि में बने रहने से होता है, इसीलिए वह सभी संबंधों को सुरक्षा के स्तर तक ले आता है। इस प्रकार संबंध गतिविधि मात्र बनकर रह जाता है।

—'ऑन रिलेशनशिप' में संकलित और 17 जुलाई, 1949 को ओहाय में दिए गए भाषण से उद्धृत

चेतना

क्रांतिकारी मोड़ हमारी चेतना की तरह ही है। हमारी चेतना एक बहुत ही पेचीदा मामला है। चेतना पर अनेक ग्रंथों की रचना की गई है, पूरब में भी और पश्चिम में भी। हम अपनी चेतना के बारे में कुछ भी नहीं जानते। पेचीदगियों से भरी इस चेतना की अगर जाँच-पड़ताल करनी हो तो हमें अवलोकन के लिए मुक्त होना होगा और बिना किसी पसंद-नापसंद के उसकी गतिविधि के प्रति सजग होना होगा। ऐसा मत सोचिए कि चेतना की भीतरी गतिविधि को किसी विशिष्ट ढंग से देखने या सुनने के लिए ही आपको निर्देशित किया जा रहा है। संपूर्ण मानव-जाति की एक ही चेतना है।

हमें यह देखने की आवश्यकता है कि हमारी वास्तविक चेतना का

स्वरूप क्या है। विचार और विचार द्वारा जुटाई गई सारी बातें हमारी चेतना का हिस्सा हैं। हमारी संस्कृति, हमारे सौंदर्यपरक मूल्य, हमारे आर्थिक दबाव, हमारी राष्ट्रीय विरासत—ये सभी बातें उसी चेतना का भाग हैं। आप यदि कोई शल्य चिकित्सक हैं या कोई काष्ठकर्मी हैं या किसी व्यवसाय विशेष में प्रवीणता प्राप्त कर लेते हैं तो उस समूह की चेतना आपकी चेतना का भाग बन जाती है। किसी विशिष्ट परंपरा और धार्मिक संस्कृतिवाले किसी विशिष्ट देश में यदि आप रहते हैं तो वह विशिष्ट सामूहिक चेतना आपकी चेतना का भाग बन जाती है।

अगर आप कोई गृहिणी हैं तो आपकी एक विशिष्ट सामूहिक चेतना होगी। पूरे संसार में आज उन्मुक्त जीवन-शैली फैल रही है, उसी का आरंभ पश्चिम में हुआ और फिर धीरे-धीरे संसार में फैल गई। वह भी सामूहिक चेतना का आंदोलन है।

जब हमारे लिए स्पष्टता से और बिना किसी तोड़-मरोड़ के देखना संभव होगा, तब कहीं जाकर आप चेतना के स्वरूप की जाँच-पड़ताल आरंभ कर सकेंगे, चेतना की अधिक गहरी परतों की भी।

—'नेटवर्क ऑफ थॉट' में संकलित और 12 जुलाई, 1981 को जानेन में दिए गए भाषण से उद्धृत

★

हमारी चेतना हमारी व्यक्तिगत चेतना नहीं है, इस बात को समझना बहुत आवश्यक है। हमारी चेतना किसी विशिष्ट समूह या किसी विशिष्ट राष्ट्र या किसी अन्य समुदाय विशेष की चेतना मात्र नहीं, बल्कि समस्त मानवीय पीड़ा, संपूर्ण द्वंद्व, संपूर्ण कष्ट, सारी व्यथा, ये सभी उस चेतना में अंतर्निहित हैं। हम सभी मिलकर उसी मानवीय चेतना की जाँच कर रहे हैं।

—'नेटवर्क ऑफ थॉट' में संकलित और 16 जुलाई, 1981 को जानेन में दिए गए भाषण से उद्धृत

मनुष्य रूप में हमारी चेतना में भय, सुख की तलाश, पीड़ा और दुःख अंतर्निहित है और इन सभी से हमारी चेतना की मुख्य अंतर्वस्तु बनी है। हमारी चेतना वास्तव में हमारी अपनी निजी चेतना नहीं है।

—'नेटवर्क ऑफ थॉट' में संकलित और 21 जुलाई, 1981 को जानेन में दिए गए भाषण से उद्धृत

★

अगर कोई यह अनुभव कर ले कि व्यक्ति की चेतना मानव-जाति की चेतना है और उस मानव-जाति की चेतना के लिए व्यक्ति स्वयं पूरी तरह उत्तरदायी है तो फिर उस चेतना की सीमाबद्धता से मुक्ति असाधारण हो जाती है। अतः जब मुक्ति की घटना होती है, तब उस चेतना की सीमाबद्धता को तोड़ने में व्यक्ति का योगदान हो रहा है।

—'नेटवर्क ऑफ थॉट' में संकलित और 23 जुलाई, 1981 को जानेन में दिए गए भाषण से उद्धृत

★

छवि का अर्थ

यदि मेरे मन में किसी प्रकार की कोई छवि नहीं है तो मेरा किसी के साथ क्या संबंध हो सकता है, मेरे मन में यदि किसी के लिए कोई छवि नहीं है तो किसी के साथ क्या संबंध है? कोई इसका जवाब इस तरह नहीं दे सकता, बल्कि उसे इसका पता लगाना होगा। उदाहरण के लिए, मैं किसी के साथ रह रहा हूँ और अनेक प्रकार की परेशानियों एवं कष्टों के रहते मैंने अपने मन में उसकी कोई छवि बना ली है, लेकिन मेरे मन में अगर उसकी कोई छवि बनी ही नहीं है तो फिर मेरा उसके साथ कैसा संबंध? यदि कोई ईमानदार है तो वास्तव में वह इसका उत्तर नहीं दे पाएगा। इसका उत्तर तो तभी दिया जा सकता है, जब मन में कोई छवि ही न हो। वास्तव में यह

जीवन की बड़ी चुनौतियों में से एक है—कोई भी छवि न रखना, न पर्वतों के बारे में और न अन्य किसी के बारे में। न तो देश के बारे में और न ही किसी और के बारे में कोई छवि बनाइए। अवधारणा, प्रतीक, राय, निष्कर्ष और विचारों को रचना ही छवि का वास्तविक अर्थ है।

★

जिम्मेदारी का अहसास

कोई भी यह नहीं कहता कि वह अपनी ओर बड़े ध्यान से देखे और जानने का प्रयास करे कि क्या वह किसी भी आदत से छुटकारा पा सकता है, पर हर कोई कहता है कि इससे क्या फर्क पड़ेगा? कोई कहता है कि वह बूढ़ा होता जा रहा है और यदि थोड़ा और लुत्फ उठा लिया जाए तो क्या फर्क पड़ेगा? इस तरह सबकुछ चलता रहता है। कोई जो भी कुछ करता है, उसके लिए अपने आपको कभी भी पूरी तरह जिम्मेदार नहीं मानता। इसके लिए या तो समाज को दोषी मानता है या परिस्थिति को या फिर माता-पिता को, लेकिन वह जिम्मेदारी के अहसास से कतराता रहता है।

—'नेटवर्क ऑफ थॉट' में संकलित और 21 जुलाई, 1981 को जानेन में दिए गए भाषण से उद्धृत

★

जीवन

जब तक हमारे मन में कोई आमूल परिवर्तन न आ जाए, तब तक हमारे जीवन की कोई सार्थकता नहीं है। प्रतिदिन दफ्तर जाना, सुविज्ञ बन जाना और कुछ किताबों का अध्ययन कर लेना; यह एक ऐसा जीवन है, जोकि खोखला है। यदि कोई भी इस स्थिति से परिचित हो जाता है तो वह जीवन का मूल्य गढ़ने लगता है। वह कुछ चालाक प्रवृत्तिवाले लोगों की तलाश करता है, जो

इस जीवन का कोई अर्थ निकाल सकें।

—'लिविंग एंड डाइंग' में संकलित और 20 मार्च, 1969 को लंदन में दिए गए भाषण से उद्धृत

जो जीवन हम प्रतिदिन जीते हैं, उसमें आडंबर शामिल होता है। इसका खोखलापन, नित्यकर्म, इसकी कटुता और लगातार कई वर्षों से दफ्तर या फैक्टरी आना-जाना—यह सब वही तो है, जिसे हम जीवन कहते हैं। कलह, संघर्ष, भ्रष्टाचार, महत्त्वाकांक्षा, उल्लास और सुख इत्यादि को हम जीवन कहते हैं।

—'लिविंग एंड डाइंग' में संकलित और 7 सितंबर, 1974 को ब्रॉकवुड पार्क में दिए गए भाषण से उद्धृत

जीवन में समस्या तो आती ही है। जीवन क्षण-प्रति-क्षण कोई-न-कोई चुनौती खड़ी करता ही रहता है। जीवन व्यक्ति से कुछ-न-कुछ आग्रह करता ही रहता है और यदि व्यक्ति उसकी माँग पूरी करने में सफल नहीं हो पाता है तो फिर यह आधा अधूरापन व्यक्ति के लिए खिन्नता का अहसास छोड़ जाता है।

—'लिविंग एंड डाइंग' में संकलित और 10 जनवरी, 1960 को मुंबई में दिए गए भाषण से उद्धृत

यह बड़े ही दुर्भाग्य की बात है कि जब कोई प्रत्येक चीज से विश्वास खो देता है तो फिर आमतौर पर वह कटु और सतही बन जाता है और तब बस वह दिन-दिन ही जी पाता है, यह कहते हुए कि यही ठीक है, यही काफी है, लेकिन यह मन कितना ही दार्शनिक क्यों न हो, जीवन को थोथा बनाता है।

—'लिविंग एंड डाइंग' में संकलित और 12 जून, 1962 को लंदन में दिए गए भाषण से उद्धृत

जिसे लोग जीना कहते हैं, वह तो एक यंत्रणा है, जिसमें कभी-कभार ही सुख का झोंका आता है। यह एक सनसनाहट है—भरपेट स्वादिष्ट भोजन, यौनसुख, अच्छी कार चलाने की चाहत पालना या इस तरह की कार चलानेवालों के प्रति ईर्ष्या रखना। यही है जीवन। कोई स्वयं देखे तो पता चलेगा कि जीवन कितना कुरूप है कि इसमें न तो प्रेम है और न ही सौंदर्य। बस यही है जीवन।

—'लिविंग एंड डाइंग' में संकलित और
6 नवंबर, 1963 को नई दिल्ली में दिए गए भाषण से उद्धृत

★

हमारा जीवन जीने के लिए है। हम किसी भावी जीवन की बात नहीं कर रहे। हम समय-साधन और जिंदगी बरबाद करते हुए जीते हैं। ऐसे जीवन का कोई अर्थ नहीं है। हम भारी पीड़ा, द्वंद्व व दुःख में जीते आए हैं, लेकिन हम कभी जीवन के संस्पर्श में नहीं आ सके हैं।

★

जीवन क्या है?

हम जिसे धर्म मानते हैं, वह मात्र कर्मकांड है, जैसे मंदिरों की परिक्रमा करना, जनेऊ अथवा कोई इसी तरह की चीज धारण करना, कुछ मंत्र बुदबुदाना अथवा किसी गुरु का पिछलग्गू बनना। मरने-जीने का भय, लोग क्या कहेंगे और क्या नहीं कहेंगे, इसका भय, हम न जाने किस ओर जा रहे हैं, इसका भय, नौकरी छूट जाने का भय और धारणाओं का भय, क्या यह सब ही जीवन नहीं है?

—4 जनवरी, 1954 को राजघाट बीसेंट स्कूल वाराणसी के
विद्यार्थियों से वार्त्तालाप करते हुए

★

जीवन और मृत्यु

मनुष्य के लिए मृत्यु एक ऐसी घटना है, जो जीवन से पृथक् है। मृत्यु मनुष्य के साथ-साथ रहती है। दफ्तर जाते हुए, कार चलाते हुए, अध्ययन करते हुए इत्यादि गतिविधियों के दौरान मृत्यु साथ-साथ रहती है। कोई भी मरना नहीं चाहता, क्योंकि उसे लगता है कि उसे अभी अपना पुस्तक-लेखन का कार्य पूरा करना है। ऐसी स्थिति में व्यक्ति मृत्यु को जीवन से अलग कर देता है और कहता है कि अब वह जीवन को समझेगा और बाद में मृत्यु को। सबसे पहले समझनेवाली बात यही है कि ये दोनों अलग-अलग नहीं हैं। जीवन और मृत्यु एक ही हैं। उनका पारस्परिक घनिष्ठ संबंध है। इनमें से किसी एक को भी अलग नहीं किया जा सकता है।

जब मन मृत्यु से भयभीत होने के कारण मृत्यु को दूर मान लेता है और अपने दैनिक जीवन से इसे अलग कर देता है, तब यह अलगाव भय और व्यग्रता को ही बढ़ाता है तथा मृत्यु के बारे में विभिन्न प्रकार के मत एवं सिद्धांत पैदा कर देता है। मृत्यु को समझने के लिए सबसे पहले जीवन को समझना होगा।

—'लिविंग एंड डाइंग' में संकलित और 28 जुलाई, 1964 को सानेन में दिए गए भाषण से उद्धृत

जो व्यक्ति पूरी तरह भयमुक्त है, उसके पास जीने के लिए कोई अवधारणा नहीं होती। उसकी क्रिया ही विचार और विचार ही क्रिया बन जाते हैं, ये अलग-अलग चीजें नहीं रह जाती हैं। चूँकि व्यक्ति मृत्यु नामक चीज से भयभीत रहता है, अत: उसने इसे जीवन से अलग कर दिया है। जीवन और मृत्यु को बिल्कुल अलग कर दिया है, जिनके बीच बहुत दूरी है। अत: व्यक्ति अतीत के सूत्र व विगत परंपराओं के अनुसार जीता है और

इस प्रक्रिया में वह यह नहीं देख पाता कि जीवन और मृत्यु का अर्थ क्या है।

—'लिविंग एंड डाइंग' में संकलित और 21 जुलाई, 1963 को सानेन में हुए वार्त्तालाप से उद्धृत

★

जीवन और मृत्यु में कोई विभाजन नहीं है। हम मृत्यु को जान पाते हैं, क्योंकि हमारा मन प्रतिक्षण मर रहा होता है और उस अंत में है नवीनीकरण यानी नवीनता। अधिकांश लोगों के लिए मृत्यु ऐसी घटना है, जिसका मन ने वस्तुतः कभी अनुभव ही नहीं किया है। अतः जीते जी इसका अनुभव करने के लिए मन की उन सभी चालबाजियों को त्यागना होगा, जो प्रत्यक्ष अनुभव से वंचित रहती हैं।

—'लिविंग एंड डाइंग' में संकलित और 9 दिसंबर, 1959 को मद्रास में दिए गए भाषण से उद्धृत

★

जनसमूह

जनसमूह एक ऐसी अमूर्त चीज है, जिसका राजनेताओं द्वारा, यानी किसी विचारधारा से जुड़े व्यक्तियों द्वारा दुरुपयोग किया जाता है। वास्तव में जनसमूह तो मैं, आप और अन्य लोग ही हैं। जब मैं, आप और अन्य किन्हीं शब्दों से सम्मोहित हो जाते हैं, तब हम जनसमूह बन जाते हैं।

—'ऑन रिलेशनशिप' में संकलित और 28 दिसंबर, 1949 को कोलंबो में दिए गए भाषण से उद्धृत

★

जीवन-चक्र

संभवतः हम सभी के हृदय में हिंसा भरी हुई है। कोई भी कभी भी शत्रुता या प्रतिशोध के भाव से स्वतंत्र नहीं रहा और न ही अपने भय से, दुःख

से, पीड़ा से स्वतंत्र हो पाया है। किसी को कभी भी शांति और आराम नहीं मिल पाता। हमेशा ही लोग परेशानियों में घिरे रहते हैं। यह सब जीवन का हिस्सा है, यानी प्रतिदिन के दुःखभोग का हिस्सा है। इसी कारण इस प्रेमरहित दुःखभोग से मुक्ति पाने के लिए मनुष्य ने अनेक रास्तों को अपनाया है, फिर भी दुःख है कि कभी समाप्त नहीं होता; क्योंकि सभी इसके अभ्यस्त हो चुके हैं।

—'नेटवर्क ऑफ थॉट' में संकलित और
23 जुलाई, 1981 को जानेन में दिए गए भाषण से उद्धृत

★

आतंकवाद, प्रदर्शन और भूख-हड़ताल, इस तरह की चीजें घटित हो रही हैं। एक समुदाय दूसरे समुदाय के विरोध में खड़ा हुआ है और इसमें वैज्ञानिकों का भी भारी योगदान है तथा दार्शनिक भी इसके विरोध में बोला करते हैं। यह सबकुछ तो है, जो बाहरी दुनिया में चल रहा है।

हमारे लिए ही नहीं, बल्कि भावी पीढ़ी के लिए भी सुरक्षा का अभाव है। धर्मों ने हिंदू, मुसलिम, ईसाई नामक समुदायों में मनुष्यों को विभाजित किया हुआ है। इस सब पर दृष्टिपात करते हुए शांति से और बिना पूर्वग्रह के देखने से यह स्वाभाविक रूप से आवश्यक हो जाता है कि इन सभी बातों के बारे में मिलकर विचार किया जाए।

—'नेटवर्क ऑफ थॉट' में संकलित और
19 सितंबर, 1981 को एम्सटर्डम में दिए गए भाषण से उद्धृत

★

तटस्थता

मुझे नहीं लगता कि कोई कभी किसी चीज के प्रति जरा भी तटस्थ रहता है या नहीं। मैं चीजों के प्रति अभ्यस्त रहने की बात नहीं कर रहा।

किसी चीज का अभ्यस्त हो जाना मन को मंद-कुंद कर देता है, उसे असंवेदनशील बना देता है, लेकिन तटस्थ होना एक अलग बात है।

तटस्थता तब आती है, जब किसी आदत को निषेध कर दिया जाता है, उसे नकार दिया जाता है। जब कोई कुछ भद्दा देखता है और उसके प्रति सजग रहता है, जब कोई शाम के समय मनोहारी आकाश को देखता है, उसके प्रति सजग रहता है, न माँग है और न इनकार है, न गले लगाना है और न ही दूर धकेलना है, किसी भी चीज के लिए अपने दरवाजे-खिड़की बंद न करना, इस प्रकार जिया जाए तो तभी तटस्थता आती है।

जो मन बेपरवाह है और तटस्थ है, उसे हमारी सभ्यता का, विचारों का और विद्रूप संबंधों का ज्ञान रहता है। वह सुंदर चेहरे व मुसकराहट और गालियों से परिचित रहता है और वह इस सब को न तो नकारता है, न स्वीकार करता है, बस अवलोकन करता है और वह भी भावहीन लापरवाही से नहीं, बल्कि उसी सहृदय, स्नेहिल बिना पक्षपात और तटस्थता से।

मन में जब भी तटस्थता आ जाती है, तब मिठास भी पैदा हो जाती है और विपुल ऊर्जा संपन्न एक विशेषता भी आ जाती है। मन में तटस्थता का होना आवश्यक है।

जब कोई किसी को गोली चलाते हुए सुनता है और बंदूक चलाकर धमाका करते सुनता है तो वह भी बड़ी आसानी से इसका अभ्यस्त हो सकता है और यदि वह उसे अनदेखा कर देगा तो वह तटस्थता नहीं है। तटस्थता तो तब आती है, जब वह उस शोर को बिना प्रतिरोध के सुनता है।

—'लिविंग एंड डाइंग' में संकलित और
7 मार्च, 1962 को मुंबई में दिए गए भाषण से उद्धृत

तुलना

हमें ऐसा लगता है कि विकास करने के लिए तुलना करना जरूरी होता है। अपनी तुलना मैं किसी अन्य राजनीतिज्ञ से करते हुए कहता हूँ, 'ठीक है, मैं उसे पीछे छोड़ दूँगा, मुझे उससे अच्छा बनना होगा।' जब कोई शिक्षक आपकी तुलना किसी दूसरे विद्यार्थी से करता है, जो संभवत: आपसे अधिक बुद्धिमान है तो आप क्या महसूस करते हैं? क्या आपने कभी इस बात पर ध्यान दिया है कि जब आपकी तुलना किसी अन्य से की जाती है तो आपको कैसा लगता है? जब शिक्षक आपसे कहता है, 'उस विद्यार्थी की तरह बुद्धिमान बनो', तब आप क्या अनुभव करते हैं? उस विद्यार्थी जैसा बुद्धिमान बनने के लिए, उस जैसा परिश्रमी बनने के लिए, किसी दूसरे विद्यार्थी की भाँति अध्ययनशील बनने के लिए वह आपको श्रेणी प्रदान करता है, अंक प्रदान करता है। इस प्रकार आप संघर्ष करते हैं, प्रतिस्पर्धा करते हैं और दूसरे विद्यार्थी से ईर्ष्या करने लगते हैं। इस प्रकार तुलना ईर्ष्या को जन्म देती है। ईर्ष्या से द्वेष भावना जगती है और द्वेष से ही भय का आरंभ होता है। जब आपकी तुलना किसी अन्य से की जाती है तो एक स्वतंत्र विद्यार्थी के रूप में आपकी 'विशेषता' महत्त्वहीन हो जाती है और अन्य विद्यार्थी अनायास ही महत्त्वपूर्ण हो जाता है।

वह सच्ची माँ, जिसका हृदय वात्सल्य प्रेम से परिपूर्ण होता है, अपने बच्चों में कभी तुलना नहीं करती। उसके दृष्टिकोण में मूर्ख अथवा अपंग बच्चे भी बुद्धिमान बच्चे की तरह ही महत्त्वपूर्ण होते हैं। इसी प्रकार हमें भी ऐसा कोई आदर्श मापदंड निश्चित नहीं करना चाहिए, जिसकी प्राप्ति में हमें जुट जाना पड़े। वास्तव में हमें समस्त प्रतिस्पर्धात्मक तुलना को पूरी तरह से मिटा देना है।

हम सोचते हैं कि पारस्परिक तुलना होने पर हम तेजी से सीजते हैं, आगे बढ़ते हैं, किंतु वास्तविकता यह है कि तुलना किए जाने पर हम बिल्कुल भी नहीं सीखते। एक सच्चा अन्वेषक और सृजनशील व्यक्ति

वास्तव में कभी तुलना नहीं करता। वह सदैव क्रियाशील रहता है और जीवन सुचारु रूप से चलाता है, किंतु कभी घोषणा नहीं करता कि मुझे एडिसन अथवा श्रीराम के समान श्रेष्ठ बनना है। वह कार्य करता है और जीवित रहता है।

—'टॉक्स विद स्टूडेंट्स' में संकलित और 6 जनवरी, 1954 को वाराणसी में विद्यार्थियों से वार्त्तालाप करते हुए

तपस्विता

तपस्विता बड़ी कठोर और निर्मम होती है। इसमें संकीर्णता, कठोरता, हठधर्मिता आ जाती है, लेकिन वास्तव में यह सब तो तपस्विता नहीं है। तपस्विता शब्द का प्रयोग करने का अर्थ यह है कि वह मन, जिसने अवलोकन किया है और जिसने देखा है कि सच क्या है। इसी अवलोकन के चलते वह स्वातंत्र्य की ऐसी अवस्था में है, जहाँ पर अनुशासन का आगमन होता है, जो तपस्विता है।

—'लिविंग एंड डाइंग' में संकलित और 6 नवंबर, 1963 को नई दिल्ली में दिए गए भाषण से उद्धृत

दर्पण में संबंध

प्रत्येक व्यक्ति संबंधों में ही तो जीता है, अन्यथा वह जी ही नहीं सकता। व्यक्ति के संबंध ही उसकी समस्या हैं, जैसे लोगों से, संपत्ति से या धारणाओं से व्यक्ति का संबंध ही तो उसकी समस्या है। यही संबंध अब विरोध एवं टकराव बन गया है और जब तक कोई भी व्यक्ति अपने संबंध को समझ नहीं लेता, तब तक वह चाहे कुछ भी कर ले, उसे चैन नहीं मिल सकता। जब व्यक्ति संबंधों से रूबरू होता है तो वह तभी स्वयं को जान पाता है। संबंध वह दर्पण है, जिसमें व्यक्ति स्वयं को वैसा ही देख

सकता है, जैसा वह है। इस दर्पण में व्यक्ति स्वयं को वैसा उस समय नहीं देख पाता, जब वह किसी निष्कर्ष, व्याख्या या निंदा के लबादे को ओढ़कर इसके समक्ष पहुँचता है।

—'ऑन रिलेशनशिप' में संकलित और 28 दिसंबर, 1949 को कोलंबो में दिए गए भाषण से उद्धृत

दुःख

यदि कोई अपने जीवन की संकीर्णता और क्षुद्रता से जरा सा भी परिचित हो जाए और यदि वह अपनी अनवरत चलनेवाली लड़ाइयों को, इनकी विफलताओं को देख ले, अपने उन सभी प्रयासों पर दृष्टिपात कर ले, जो उसने किए हैं और जो उसे सिवाय खिन्नता के कुछ अधिक नहीं दे पाए हैं तो निश्चित ही उसके संपर्क में आता है, जिसे दुःख कहा जाता है। दुःख चाहे किसी भी स्तर का हो, कम हो या अधिक हो, यह जानना आवश्यक होता है कि दुःख है क्या? दुःख हमारी परछाईं की तरह पीछा करता रहता है।

यदि कोई किसी मार्ग पर टहलने निकले तो उसे प्रकृति की भव्यता देखने को मिलेगी। वह हरे-भरे मैदानों और खुले आसमान का सौंदर्य देख पाएगा। वहाँ उसे बच्चों की हँसी और किलकारियाँ सुनाई देंगी, लेकिन फिर भी दुःख का अहसास वहाँ उपस्थित रहता है। एक दुःख वह भी है, जब कोई किसी चीज के लिए बड़ा व्याकुल होता है और वह चीज उसे नहीं मिलती है। जब किसी राष्ट्र का पतन हो जाए और विषम परिस्थितियों में उलझने के कारण उसके विकास को ग्रहण लग जाए तो वह भी एक प्रकार का दुःख ही है। यदि कोई गहराई से देखे तो पता चलेगा कि दुःख स्वयं उसके घर में उपस्थित है।

अनेक क्लेश और संघर्षों से भरे इस दिन-प्रति-दिन के संसार को हम समझ नहीं पाते हैं, इसीलिए मनगढ़ंत विचारों का संसार रचकर हम यथार्थ से भागने का प्रयास करते हैं। जब दिल को बहलाने के लिए इस

यथार्थ से भागने का प्रयास किया जाता है, तब ही दुःख की उत्पत्ति होती है।

हर जगह क्लेश है, पल भर में गायब होनेवाला हर्षोल्लास है और हर कोई इससे बाहर निकलने का मार्ग तलाश करता रहता है। हर कोई जीवन के बोझ से राहत पाने के लिए कोई-न-कोई हल ढूँढ़ने में लगा रहता है। यही कारण है कि कोई भी वस्तुतः दुःख को नहीं देख पाता है।

यदि दुःख से मुक्त होना है तो निश्चय ही मनुष्य को अपने विश्वासों के इस संसार को समझना होगा, जिसकी ओर वह निरंतर ही पलायन किया करता है। हिंदू, मुस्लिम, ईसाई और बौद्ध—सभी ने प्रतीकोंवाले, काल्पनिक छविवाले और दिल बहलानेवाले संसार की रचना की हुई है और ये सब-के-सब अपने-अपने संसार में उलझे हुए हैं। उनके लिए ये प्रतीक अत्यधिक महत्त्व रखते हैं और जीने के मुकाबले ये ही अधिक मूल्यवान बन गए हैं। ये उनके अवचेतन मन की गहराई में बैठ गए हैं। अतः यदि मनुष्य को दुःख से मुक्त होना है तो उसे अपने दिल बहलानेवाले इस मिथ्या संसार को समझना होगा।

दुःख का अवसान संभव तो है, लेकिन किसी प्रणाली या फिर सिद्धांत के द्वारा नहीं। 'जो है' अगर इसका बोध हो जाए तो फिर कोई दुःख नहीं रहता। 'जो है' को अगर कोई स्पष्ट रूप में देखे तो मुझे लगता है कि दुःख का अंत हो जाता है।

जिसे कोई व्यक्ति प्रेम करता है तो उसका खो जाना व्यक्ति को बड़ा दुःख देता है। यह विचार करने पर बड़ा दुःख होता है कि जीवन की सभी चुनौतियों का उत्तर हमने आधे-अधूरे ढंग से दिया है और उपलब्धियों के पीछे दौड़ना तथा खिन्नता का हाथ लगना भी दुःख है। इस बात की वास्तविकता का पता चलने पर बड़ा दुःख होता है कि यह मन कितना तुच्छ है और वह भी किसी और का नहीं, बल्कि अपना मन।

जब कोई अलग-थलग या अकेला पड़ जाता है, तब दुःख उत्पन्न

होता है। कोई व्यक्ति भले ही अपने मित्रों के बीच बैठा हो या अपनी पत्नी या पति से बातचीत कर रहा हो, फिर भी उसे अकेलापन घेर ही लेता है और यही अकेलेपन का अहसास दु:ख लाता है।

अधिकांश लोग दु:खों से पलायन करना चाहते हैं। कोई भी दु:ख को समझना ही नहीं चाहता, यहाँ तक कि इसे देखना तक नहीं चाहता। कोई यह भी नहीं चाहता कि आखिर दु:ख होता क्या है। हर कोई दु:ख से भागने की फिराक में रहता है। यह अस्वाभाविक नहीं है, बल्कि यह तो इच्छा की सहज गतिविधि है, लेकिन व्यक्ति इसे अपरिहार्य मान बैठता है और इसलिए दु:ख के यथार्थ की तुलना में पलायन अधिक महत्त्वपूर्ण हो जाता है। दु:ख से पलायन करते हुए व्यक्ति प्रतीकों और मि**थकों** में भटककर रह जाता है, इसीलिए वह यह जानने का भी प्रयास नहीं करता कि क्या दु:ख का कोई अंत है।

दु:ख का अंत संकल्प की क्रिया द्वारा संभव नहीं है। इस बात को समझना होगा। बात दु:ख से छुटकारा पाने की नहीं है, दु:ख को तो गले लगाना होता है। उसके साथ रहना और उसे समझना होता है। दु:ख के साथ अंतरंग होना चाहिए, लेकिन कोई व्यक्ति ऐसा नहीं कर सकता। कोई भी यह कह सकता है कि वह दु:ख को जानता है, लेकिन क्या वास्तव में वह दु:ख को जानता है? दु:ख का अहसास होते ही तो व्यक्ति इससे दूर भाग खड़ा होता है, इसलिए सच्चाई तो यही है कि कोई भी दु:ख को जानता ही नहीं है।

दु:ख को समझना होगा और समझ समय से बँधी नहीं होती। वह समझ तो तब आती है, जब हर चीज के प्रति एक गहरा असंतोष हो, भीतर एक विस्फोट हो या एक बगावत हो। व्यक्ति समाजसेवा में संतुष्टि तलाश कर लेता है, अपनी आजीविका में डूब जाता, मंदिर चला जाता है और किसी काल्पनिक छवि या प्रतिमा को पूजना आरंभ कर देता है, यानी वह किसी-न-किसी विशेष पद्धति या विश्वास से चिपक जाता है। वास्तव में यह सब

करना आँखों को मूँद लेने के समान है। यह सच का, तथ्य का सामना करने से बचने का एक उपाय है, जबकि 'जो है', उसे सहज ही देखने से कभी दुःख नहीं होता।

दुःख का अवसान संकल्प या इच्छाशक्ति के माध्यम से नहीं किया जा सकता। दुःख का अवसान तो तभी हो सकता है, जब उन सभी चीजों से संबंध न रखा जाए, जिनका मन ने पलायन करने के लिए आविष्कार कर लिया है।

दुःख से किसी ने भी ठीक तरह से परिचय नहीं किया है। हाँ, उसे देखा तो है, लेकिन उससे बचकर भागने की नीयत से।

जब दुःख का डटकर सामना किया जाएगा, तभी दुःख का अवसान संभव होगा।

—'लिविंग एंड डाइंग' में संकलित और 10 जनवरी, 1960 को मुंबई में दिए गए भाषण से उद्धृत

★

मन के लिए प्रत्येक प्रकार के भय से मुक्त रहना आवश्यक है, फिर चाहे वह भय प्रकट हो या अप्रकट या कोई ऐसा भय, जिससे आप परिचित हों। इसके बाद ही आप उस चीज को ध्यानपूर्वक देख सकेंगे, जिसे दुःख कहा जाता है।

हजारों-लाखों वर्षों से मनुष्य दुःख के साथ जीवनयापन करता आया है। मनुष्य इसके साथ रहा है और जिया भी है, लेकिन कोई भी इसका समाधान नहीं कर पाया है। मनुष्य ने दुःख को या तो साधन के रूप में पूजा है या फिर वह इससे पलायन करता रहा है। हम दुःख को या तो प्रतीक के रूप में किसी व्यक्ति के साथ उसका तादात्म्य कर उसे सिंहासन पर बैठा देते हैं या कोई तर्क देते हुए दुःख का औचित्य ठहराते रहते हैं या इससे पलायन करते हैं, लेकिन फिर भी दुःख तो बना ही रहता है।

एक दुःख वह होता है, जो किसी व्यक्ति को खो देने से होता है, जिसे

हम समझते हैं कि हम प्रेम करते हैं। इसी दुःख में हम दिन-रात घुले रहते हैं। इससे पार कभी नहीं जा पाते और न ही कभी इसका अंत कर पाते हैं, जबकि एक दुःख वह होता है, जिसे हम समय का दुःख कहते हैं। इस दुःख का समाधान न कर पाने के कारण हम जीवन के अंत तक इसे ढोते रहते हैं।

दुःख व्यापक है और केवल व्यक्ति का ही नहीं, बल्कि नस्ल का भी। कोई भी दुःख का समाधान कैसे करेगा। उसे इसका समाधान वैसे ही करना है, जिस प्रकार भय का।

—'लिविंग एंड डाइंग' में संकलित और
24 फरवरी, 1965 को मुंबई में दिए गए भाषण से उद्धृत

हमें कई प्रकार से दुःख होता है, जैसे किसी के मर जाने का दुःख और गरीबी का दुःख, जिसे पूरब के लोग अच्छी तरह जानते हैं। अज्ञान का भी बड़ा गहन दुःख है, क्योंकि यदि हम ज्ञान को गहराई से नहीं जान पाते तो अज्ञानता का दुःख उभर आता है। इसके अतिरिक्त तकनीकी और दूसरे सांसारिक मामलों में हमारे भीतर सफल होने की निपुणता होती है, लेकिन कुछ भी गहराई से न समझ पाने का दुःख फिर भी बना ही रहता है।

लगातार संघर्ष करने का और जन्म से लेकर मृत्यु तक चलनेवाला द्वंद्व भी एक प्रकार दुःख है। बाहर से या भीतर से सुंदर न होने का भी दुःख ही है और आसक्ति व उसके साथ जुड़े भय तथा विकृति का भी दुःख है। प्रेम न पाने का या प्रेम के लिए तरसने का भी एक प्रकार का दुःख ही होता है।

जब केवल दुःख विद्यमान होता है और विचार का कोई हस्तक्षेप नहीं होता, जिसका अर्थ है कि लोग पूरी तरह दुःखी होते हैं। वे दुःख पर नियंत्रण पाने का प्रयास नहीं करते, बल्कि स्वयं ही दुःखी होते हैं।

जब दुःख विद्यमान हो तो आप विचार की किसी भी हलचल के बिना उस दुःख के साथ बने रहिए, जिससे वह विखंडित न हो यानी उसकी

समग्रता न टूटे। दुःख की समग्रता का तात्पर्य इस बात से नहीं कि कोई व्यक्ति दुःखी है, बल्कि यह है कि वही दुःख है। इस प्रकार जब दुःख अपनी संपूर्णता में विद्यमान होता है, तब उससे दूर हटने की कोई गतिविधि नहीं होती और तब दुःख मुरझा जाता है।

—'नेटवर्क ऑफ थॉट' में संकलित और 23 जुलाई, 1981 को जानेन में दिए गए भाषण से उद्धृत

दुःख की प्रवृत्ति

जब तक समय को नहीं समझा जाता, तब तक दुःख की प्रवृत्ति को नहीं समझा जा सकता, जैसे कि लोगों को लगता है, ये दो अलग-अलग मामले नहीं हैं। अपने परिवार के साथ रहना और दफ्तर जाना, ये अलग-अलग परिस्थितियाँ नहीं हैं, बल्कि इनका संबंध गहनता और अंतरंगता से है।

स्वयं पर तरस खाने की प्रवृत्ति में ही दुःख की जड़ें समाहित हैं। अतः दुःख की प्रवृत्ति को समझने के लिए स्वयं पर तरस खाने की प्रवृत्ति को समाप्त करना होगा। जब भी कोई यह कहता है कि 'मैं अकेला हूँ' तो वह अपने आप पर तरस खाना शुरू कर देता है। वह व्यक्ति अपने लिए वह जमीन तैयार कर रहा होता है, जिसमें दुःख अपनी जड़ें स्थापित करता है। व्यक्ति स्वयं पर तरस खाने की प्रवृत्ति को कितना ही उचित ठहराए और इसके सभी दोषों को ढक दे, लेकिन वह उसमें कहीं गहराई तक पैठ बना लेती है। अतः जो भी व्यक्ति दुःख की प्रवृत्ति को समझना चाहता है, उसे तरस खानेवाली इस अहंकारी एवं क्षुद्र प्रवृत्ति को उखाड़ फेंकना होगा।

दुःख की प्रवृत्ति को जानने व समझने के लिए समय के स्वभाव को और विचार की संरचना को समझना होगा। समय का अंत अत्यंतावश्यक है, अन्यथा किसी इलेक्ट्रोनिक मस्तिष्क की भाँति एकत्र सूचनाओं को दोहराया जाता रहेगा।

दुःख को समझने के लिए और उससे मुक्त होने के लिए समय को समझना होगा और साथ ही, विचार को भी परखना होगा। कोई भी न तो दुःख को नकार सकता है और न ही किसी मनोरंजन एवं धर्मस्थल के माध्यम से दुःख से मुक्त हुआ जा सकता है।

दुःख को समझने के लिए इस बात पर पूरा ध्यान देना होगा कि इसमें बहानों का, भावुकता का और स्वयं पर तरस खाने जैसी प्रवृत्ति का कोई भी स्थान नहीं है। हालाँकि इस अवधान में दुःख का समाधान करने या समझने की कोई कोशिश नहीं होती, पर अवलोकन अवश्य होता है। दुःख को समझने या उससे पलायन करने का कोई भी प्रयास पूर्ण अवधान की उस निषेधात्मक अवस्था को नकारता है, जिसमें दुःख की प्रवृत्ति को समझना बहुत कठिन है।

—'लिविंग एंड डाइंग' में संकलित और
28 जुलाई, 1964 को सानेन में दिए गए भाषण से उद्धृत

दुःख का अवसान

जब समय और विचार के स्वभाव से मन परिचित हो जाता है और जब वह स्वयं पर तरस खाने की प्रवृत्ति एवं भावुकता को समाप्त कर देता है, तब इन सभी जटिलताओं के जनक विचार का अवसान हो जाता है। इसके साथ ही समय का भी अवसान हो जाता है और तभी व्यक्ति उस अवस्था के संपर्क में आता है, जिसे दुःख कहा जाता है। दुःख की अवस्था तभी तक रहती है, जब तक उससे दूर भागने की और उसे भूलने की इच्छा व्यक्ति के अंदर बनी रहती है, पर जब मन के सीधे-सीधे दुःख के संपर्क में आने के कारण इनमें से व्यक्ति के अंदर कुछ भी नहीं रहता और मन मौन धारण कर लेता है, तब वह देखेगा कि अब लेशमात्र भी दुःख नहीं है। किसी भी व्यक्ति का मन जैसे-जैसे यथार्थ से परिचित होता है, वैसे-वैसे

ही वह यथार्थ समय और विचार के दुःख उत्पन्न करनेवाली प्रवृत्तियों को विघटित कर देता है और फिर आखिरकार दुःख का अवसान हो जाता है।

—'लिविंग एंड डाइंग' में संकलित और 28 जुलाई, 1964 को सानेन में दिए गए भाषण से उद्धृत

दुःख का मूल कारण

स्वकेंद्रित गतिविधि दुःख का मूल कारण है। सभी को अपनी-अपनी चिंता लगी रहती है। सभी को अपने बारे में और दूसरों के बारे में अनेक प्रतिभाएँ होती हैं और मस्तिष्क भी है कि सदैव दिवास्वप्न देखने में लगा रहता है, वह किसी-न-किसी बात में व्यस्त रहता है। बाल्यावस्था से ही लोग अपनी प्रतिभा का स्वरूप बनाते रहते हैं, जो कि कहा जाए तो वह 'मैं' है। प्रत्येक व्यक्ति लगातार यही करता रहता है और यही वह प्रतिभा या 'मैं' है, जिसे चोट पहुँचती है और जब इस 'मैं' को चोट पहुँचती है तो प्रतिरोध पैदा होता है तथा अपने चारों ओर एक दीवार खड़ी कर ली जाती है, जिससे कोई चोट न पहुँचे। इससे भय और अलगाव की उत्पत्ति होती है और फिर किसी के साथ कोई संबंध न होने का अहसास पैदा होता है, जिससे दुःख की उत्पत्ति होती है।

—'नेटवर्क ऑफ थॉट' में संकलित और 23 जुलाई, 1981 को जानेन में दिए गए भाषण से उद्धृत

द्वंद्व

यदि मैं कहूँ कि मैं हिंदू हूँ, मैं भारतीय हूँ तो सीमित हो जाऊँगा और इस सीमितता से विकृति तो उत्पन्न होगी ही, बल्कि साथ-साथ द्वंद्व भी पैदा होगा। ऐसा इसीलिए, क्योंकि अन्य व्यक्ति कहेगा कि मैं ईसाई हूँ या मैं बौद्ध हूँ और

इसी कारण द्वंद्व पैदा होगा। जन्म से लेकर मृत्यु तक जीवन संघर्ष और द्वंद्व की एक शृंखला मात्र है, जिससे बचाव के प्रयास में सभी लगे रहते हैं। इसी कारण और अधिक द्वंद्व पैदा होता है। अत: निरंतर चलनेवाले अंतहीन द्वंद्व में हम जीवन व्यतीत करते हैं और मर जाते हैं।

—'नेटवर्क ऑफ थॉट' में संकलित और
14 जुलाई, 1981 को जानेन में दिए गए भाषण से उद्धृत

★

द्वंद्व से दूर जा पाना बुद्धि के लिए अभी तक संभव नहीं हो पाया है। हम सभी मिलकर पता लगानेवाले हैं कि द्वंद्व से मुक्त होना क्या मस्तिष्क के लिए संभव है। हम सभी जन्म से लेकर मृत्यु तक द्वंद्व में ही जिया करते हैं।

जब तक धरती पर मनुष्य रहेगा, क्या तब तक उसके भाग्य में निरंतर द्वंद्व ही लिखा हुआ है? इस द्वंद्व को तर्कजामा पहनाया जा सकता है और यह कहा जा सकता है कि स्वयं प्रकृति ही सदैव द्वंद्व में रहती है। द्वंद्व हमारे स्वभाव का हिस्सा भी है, क्योंकि द्वंद्व के माध्यम से ही हम इस अद्‍भुत वर्तमान मनुष्य प्राणी में विकसित हुए हैं।

हजारों-लाखों वर्षों से मनुष्य लगातार द्वंद्व में ही क्यों जीता आया है? हमने इस द्वंद्व को मान्यता दे दी है, इसे सहन करते आए हैं और हमने कह भी दिया है कि प्रतिद्वंद्विता और आक्रामकता, सब हमारे स्वभाव का ही हिस्सा हैं। हमने यह भी कह दिया है कि द्वंद्व जीवन के चिरस्थायी ढाँचे का एक हिस्सा है।

—'नेटवर्क ऑफ थॉट' में संकलित और
16 जुलाई, 1981 को जानेन में दिए गए भाषण से उद्धृत

★

दृष्टिकोण

माना कि मेरी कोई समस्या है। मैं इसे कैसे देखता हूँ और इसकी

जाँच-पड़ताल कैसे करता हूँ तथा इसके प्रति मेरा दृष्टिकोण क्या रहता है ? अतः समस्या महत्त्वपूर्ण नहीं है, बल्कि महत्त्वपूर्ण है इसके प्रति दृष्टिकोण। क्या मैं समस्या से डर जाता हूँ, इससे दूर भागना चाहता हूँ या इसे दबाना चाहता हूँ या फिर इसका कोई उपाय ढूँढ़ता हूँ, क्या मेरा उद्देश्य इसका समाधान ढूँढ़ने का है ? इस प्रकार मैं समस्या को अपनी उलझन, अनिश्चितता और डर के साथ देखता हूँ। अतः सबसे पहले यह जानना होगा कि किसी भी व्यक्ति का दृष्टिकोण इसके प्रति क्या है और वह इससे किस प्रकार रूबरू होता है ? यदि व्यक्ति समस्या के प्रति थोड़ा-बहुत भी सचेत रहता है तो उसका इसका समाधान करने हेतु क्या उद्देश्य रहता है। कोई भी समस्या का समाधान इसलिए करना चाहता है, क्योंकि यह पीड़ादायी है। अगर समस्या आनंददायी होती तो फिर वह समस्या ही नहीं होती, लेकिन जब समस्या पीड़ादायी हो जाए और असुरक्षा पैदा कर दे तो फिर इसकी ओर ध्यान देने की आवश्यकता होती है।

—'ऑन रिलेशनशिप' में संकलित और
24 जनवरी, 1982 को मुंबई में दिए गए भाषण से उद्धृत

★

ध्यान

अधिकांश लोग किसी बात पर पूरे दिल से अपना ध्यान नहीं लगाते। किसी ने भी शायद किसी विचार की यात्रा उसके अंतिम दौर तक नहीं की है। किसी अवधारणा के साथ कोई कभी स्वतंत्र रूप से नहीं चला है और कभी उसने उसके पूरे निहितार्थ को नहीं देखा है तथा न ही कभी उसके पार गया है। यदि कोई अपना पूरा ध्यान नहीं दे पाता तो आगे बढ़ना मुश्किल होगा।

—'लिविंग एंड डाइंग' में संकलित और
7 मार्च, 1962 को मुंबई में दिए गए भाषण से उद्धृत

★

ध्यान ऐसा झंझावात है, जो विध्वंस करता चलता है।

—'लिविंग एंड डाइंग' में संकलित और 23-31 अगस्त, 1964 को गस्टाड में दिए गए भाषण से उद्धृत

★

'ध्यान' शब्द को पश्चिम में बड़ी लोकप्रियता मिली है और उससे पूर्व कुछ लोगों ने ही 'ध्यान' के बारे में जाँच-पड़ताल की थी, जो एशिया होकर आए थे। पूर्वकाल से ही एशियाई लोग कहते रहे हैं कि अगर कोई अपरिमेय तत्त्व है तो उसे ध्यान के माध्यम से समझा जा सकता है।

ध्यान उस मस्तिष्क की क्षमता है, जो अब आंशिक रूप से कार्य नहीं कर रहा, उस मस्तिष्क की क्षमता, जिसने स्वयं को अपनी संस्कारबद्धता से मुक्त कर लिया है। ऐसे मस्तिष्क का ध्यान हिंदू या ईसाई के रूप में प्रतिबद्ध किसी व्यक्ति के आत्मनिरीक्षण से भिन्न होता है।

—'नेटवर्क ऑफ थॉट' में संकलित और 26 जुलाई, 1981 को जानेन में दिए गए भाषण से उद्धृत

★

धर्म

संपूर्ण विश्व में ऐसे अनेक बहुत बुद्धिजीवी लोग हैं, जो धर्म पर बात करने से हिचकते हैं। यही नहीं, वे धर्म की दिशा, उसके विश्वास, सिद्धांत और उसकी धर्मतंत्रात्मक व्यवस्था देखकर उसका परिहास उड़ाते हैं।

संपूर्ण विश्व में धर्म ने अपनी विश्वसनीयता खो दी है और दैनिक जीवन में भी उसकी कोई सार्थकता नहीं रही है। जो भी, जितनी अधिक जाँच-पड़ताल करेगा और जितनी अधिक धार्मिक संरचनाओं की प्रकृति से परिचित होगा, उतना ही अधिक उस पूरे मामले में संशित हो उठेगा। जो लोग जाँच-पड़ताल नहीं करते हैं, वे धर्म को मनोरंजन का एक रूप स्वीकार कर लेते हैं।

हम अगर धर्म की ओर देखने की भावुकता को एक तरफ रख दें तो हम फिर इसकी शुरुआत कर सकते हैं कि धर्म है क्या और वह भी किसी भोलेपन के साथ नहीं, बल्कि बड़ी ही गंभीरता के साथ।

—'नेटवर्क ऑफ थॉट' में संकलित और 26 जुलाई, 1981 को जानेन में दिए गए भाषण से उद्धृत

धर्म न तो कोई जड़सूत्र है और न ही विश्वास, बल्कि यह तो सत्य की समझ है, जिसे क्षण-प्रति-क्षण संबंधों में प्राप्त करना होता है। अगर धर्म एक विश्वास और कट्टरता है तो यह केवल संबंधों की वास्तविकता से पलायन मात्र है। जो व्यक्ति विश्वास के माध्यम से, जिसे वह धर्म कहता है—ईश्वर की या व्यक्ति, उसे जो भी नाम से पुकारे, उसकी तलाश में है, तो वह केवल विरोध ही पैदा करता है। कोई भी विचारधारा, फिर चाहे वह वामपंथी हो या दक्षिणपंथी, एक धर्म हो या दूसरा धर्म, ये सब मनुष्य को मनुष्य के विरुद्ध खड़ा ही करते हैं।

संपूर्ण विश्व के संगठित धर्म किसी दूसरे के अनुकूलन पर ही आधारित हैं और इसीलिए वे मनुष्य को स्वतंत्र नहीं कर रहे, बल्कि उसे किसी विशेष ढर्रे पर चलने के लिए बाध्य कर रहे हैं और मनुष्य को मनुष्य के विरुद्ध खड़ा कर रहे हैं। अतः प्रत्येक व्यक्ति को फिर से शुरुआत करनी होगी, क्योंकि जैसे हम हैं, वैसा ही संसार भी रहेगा।

—'ऑन रिलेशनशिप' में संकलित और 28 दिसंबर, 1949 को कोलंबो में दिए गए भाषण से उद्धृत

हर नए से नए तरीके पर मिलना आवश्यक हो जाता है, जब तक कि हम इस संपूर्ण प्रक्रिया को विकराल होते विनाश, दुःख, भुखमरी, बेरोजगारी और असमानता की संपूर्ण समस्या को और परस्पर विरोधी विचारधाराओं के

बीच चलते संग्राम को न समझ लें। यह संघर्ष और उलझन पुरातन पंथों की पुनरावृत्ति से सुलझनेवाली नहीं है। वास्तव में यदि निकटता से देखें तो आपको इनसे भी बड़ी समस्याएँ दिखाई देंगी और अंधानुकरण एवं अंधविश्वास से स्वतंत्र होने के कारण आप उस नूतन का सामना करने में सक्षम हो जाएँगे। नूतन का सामना नूतन के साथ करने की यही क्षमता सृजनशील अवस्था कहलाती है और निश्चय ही यह धर्म का सर्वोच्च रूप है। धर्म कोई विश्वास मात्र नहीं है, बल्कि यह तो उस अवस्था की अनुभूति है, जिसमें सृजन विद्यमान है।

—'ऑन रिलेशनशिप' में संकलित और
8 जनवरी, 1950 को कोलंबो में दिए गए भाषण से उद्धृत

धारणाएँ

धारणाएँ किसी समस्या से सीधा संबंध बनाने में बाधा बनकर सामने आती हैं। कर्म तभी हो पाता है, जब समस्या से संबंध स्थापित हो जाता है। फिर भी यह दुर्भाग्य ही है कि हम सभी प्रत्येक समस्या को किसी निष्कर्ष के दृष्टिकोण से ही देखते हैं। इसी बात को हम एक धारणा का नाम देते हैं। यह धारणा कर्म को ही टालने की एक योजना होती है। धारणा वही तो है, जिसे सोच के शब्दों में ढालना होता है। बिना छवि के, शब्द के सोच का कोई अस्तित्व नहीं होता। विचार स्मृति और अनुभव का प्रतीक है। अतीत सदैव वर्तमान पर छाया रहता है, क्योंकि अतीत वर्तमान से संयुक्त होता है। धारणा वर्तमान के लिए अतीत का प्रत्युत्तर है, इसीलिए वह व्यापक होने के बावजूद एक सीमित दायरे में ही है। इस प्रकार धारणाएँ सदैव लोगों को विभाजित करती रहती हैं।

—'ऑन रिलेशनशिप' में संकलित और 22 जनवरी, 1950 को
कोलंबो में दिए गए भाषण से उद्धृत

धारणा पर आधारित संबंध

किसी इच्छा या उद्देश्य का परिणाम ही धारणा होती है। अगर मेरा संबंध किसी से इसलिए है कि शारीरिक या मानसिक तौर पर मुझे किसी की आवश्यकता है तो फिर बात साफ है कि यह संबंध इस धारणा पर आधारित होगा कि मुझे किसी से कुछ चाहिए। यही कारण है कि किसी धारणा पर आधारित कोई भी संबंध 'स्व' को दरशाने की प्रक्रिया नहीं बन पाता। वह तो केवल एक संवेग, एक गतिविधि और एक रिवाज सा बन जाता है, जिसकी मनुष्य को आदत पड़ जाती है।

—'ऑन रिलेशनशिप' में संकलित और 17 जुलाई, 1949 को ओहाय में दिए गए भाषण से उद्धृत

नदी

एक नदी का आपके लिए अर्थ है, जिससे आप परिचित हैं, जैसे कोई गाँव के निकट बहती नदी। जब नदी शब्द का प्रयोग किया जाता है, तब एक नदी विशेष की छवि मन में उभर आती है। अब यदि किसी नदी विशेष की छवि मन में उभरकर आती रही तो आप सभी नदियों की वास्तविकता को कभी भी नहीं जान सकेंगे। नहीं जान सकेंगे कि क्या वास्तव में नदी होती है ? नदी यानी झिलमिलाता पानी, उसके मन को हरनेवाले किनारे और किनारों पर खड़े पेड़-पौधे। यह किसी नदी विशेष का विवरण नहीं है, बल्कि यह सभी नदियों का नदीपन है। जो कोई केवल एक नदी विशेष को देखता है तो उसका मन बिल्कुल सीमित और उथला रहता है, लेकिन जो मन नदी को एक प्रवाह के रूप में यानी जलराशि के रूप में देखता है या किसी गाँव की नदी को नहीं, बल्कि उसके सौंदर्य को देखता है तो वह

मन विशिष्टता की सीमा से बाहर आ जाता है।

—'लिविंग एंड डाइंग' में संकलित और
7 मार्च, 1962 को मुंबई में दिए गए भाषण से उद्धृत

निरीक्षण

किसी भी चीज को समझने के लिए केवल सतही घटनाओं को ही नहीं, बल्कि जो कुछ भी घटित हो रहा है, उसकी गहराई एवं तात्पर्य को समझने के लिए भी हमें एक साथ निरीक्षण करने की आवश्यकता है। ऐसा नहीं कि आप एक ही ढंग से देखें और वक्ता किसी और ढंग से, बल्कि एक ही चीज का हम साथ-साथ निरीक्षण करें। यदि हम अपने पूर्वग्रहों से, अपने विशिष्ट अनुभवों से और अपनी विशिष्ट धारणाओं से चिपके रहेंगे तो फिर हमारे निरीक्षण में बाधा उत्पन्न होगी।

—'नेटवर्क ऑफ थॉट' में संकलित और
12 जुलाई, 1981 को जानेन में दिए गए भाषण से उद्धृत

निरंतरता

निरंतरता को या समाप्त किया जा सकता है या इसे पोसा जा सकता है, जो निरंतर है, उसका कभी भी नवीनीकरण नहीं किया जा सकता। वह कभी नूतन नहीं हो सकता और वह अज्ञात को कभी नहीं समझ सकता। निरंतरता एक अवधि है और जो स्थायी है, वह समयातीत नहीं होता। समय और अवधि के माध्यम से समयातीत संभव नहीं। नूतन के आविर्भाव के लिए अंत का होना आवश्यक है। यह नूतन विचार की निरंतरता में नहीं है।

मनुष्य विचार में रहता आया है, यानी वह सोचने को अधिक महत्त्व देता रहा है। सोच हमेशा ही पुरानी हुआ करती है और यह कभी नहीं होती। विचार करना ही स्मृति की निरंतरता है। यदि व्यक्ति उसमें जीता रहे तो

जाहिर है कि यह किसी-न-किसी प्रकार की निरंतरता है।

—'लिविंग एंड डाइंग' में संकलित और 19 मई, 1968 को एम्सटर्डम में दिए गए भाषण से उद्धृत

वह व्यक्ति की संस्कारबद्धता ही होती है, जो उसके 'मैं' का यानी अहं को निरंतरता प्रदान करती है।

क्या यह शरीर ही है, जिसकी हम निरंतरता चाहते हैं? हम सभी यह भली-भाँति जानने में लगे रहते हैं कि क्या निरंतरता का वह कोई और स्वरूप है, जिसकी हममें लालसा बनी ही रहती है।

हम सभी निरंतरता के प्रति लालायित रहते हैं और हम आश्वस्त हो जाना चाहते हैं कि मृत्यु के बाद भी कुछ तो ऐसा है, जिसकी निरंतरता बनी रहती है।

कोई भी यह नहीं जानना चाहता कि आखिर मृत्यु है क्या और न ही इसके अप्रतिम अचरज, सुंदरता, गहनता और विशालता को जानना चाहता। हर कोई निरंतरता चाहता है। कोई कहता है कि 'वह' चालीस, साठ या अस्सी वर्ष का हो गया है, 'वह' जिसके पास मकान, बच्चे हैं, 'वह' जो लगातार वर्षों से दफ्तर जाता रहा है, 'वह' जो लड़ता-झगड़ता रहा है, 'वह' इसी प्रकार जीवन जीना चाहता है और यही कुछ है कि जिसके प्रति व्यक्ति चिंतित रहता है। यह तो सभी जानते हैं कि इस शरीर का अंत होना अपरिहार्य है, इसीलिए सभी की यह इच्छा रहती है कि मृत्यु के पश्चात् भी निरंतरता की सुनिश्चितता बनी रहे।

हमारा सभी का मृत्यु के प्रति यही दृष्टिकोण रहा है कि मृत्यु के बाद किसी निरंतरता का पक्का आश्वासन मिल जाए। हम कहते हैं कि मैं ज्ञात की निरंतरता चाहता हूँ और इसमें हमारी विलक्षणता एवं क्षमता, हमारी उपलब्धियाँ एवं कुंठाएँ और हमारे संघर्ष सम्मिलित होते हैं; यह वह सब तो है, जिसकी हर कोई निरंतरता चाहता है।

हम सभी निरंतरता चाहते हैं, लेकिन किसी ने भी अपने आपसे यह नहीं पूछा कि ऐसा वह क्या है, जिससे निरंतरता को आकार मिलता है अर्थात् निरंतरता की प्रवृत्ति को जन्म देता है। यदि ध्यानपूर्वक देखोगे तो पता चलेगा कि यह विचार ही है, जो निरंतरता का अहसास पैदा करता है। जो भी किसी समस्या के बारे में जितना अधिक सोचता है, वह उस समस्या में उतना ही फँसता चला जाता है, जिसे निरंतरता प्रदान की जाती है। यदि कोई किसी को पसंद करता है तो वह उसके बारे में सोचता रहता और यही सोचना समय में निरंतरता का अहसास पैदा करता है।

हर कोई सुख को बनाए रखना चाहता है और पीड़ा से छुटकारा पाना चाहता है, यानी व्यक्ति दोनों ही के बारे में विचार करता है और यह विचार दोनों को ही निरंतरता प्रदान करता है।

—'लिविंग एंड डाइंग' में संकलित और

21 जुलाई, 1963 को सानेन में हुई वार्त्तालाप से उद्धृत

★

हर किसी को निरंतरता की इच्छा होती है। प्राचीन मिस्रवासियों को इसकी इच्छा अलग ढंग की थी, जबकि आधुनिक लोगों को इसकी इच्छा अलग ढंग की है। भले ही मिस्रवासी दफनाते हों या फिर जलाते हों, लेकिन सभी की यही इच्छा रहती है कि कुछ तो निरंतर होगा ही। हर किसी के दिल में यह इच्छा बनी रहती है कि किसी-न-किसी प्रकार की निरंतरता बनी रहे।

हम सभी में निरंतरता की इच्छा होती है, इच्छा यानी पहले संवेदन और फिर विचार के रूप में इच्छा। इसके बाद इच्छा द्वारा छवि की रचना करना। क्या इच्छा से अलग कुछ ऐसा है, जो स्थायी है, यानी ऐसा कुछ, जिसे छुआ न जा सके। स्थायी से अभिप्राय यही है कि इसे समय परिवर्तित नहीं कर सकता, इसीलिए यह एक निरंतर गतिमान चीज है।

निरंतरता का अर्थ है समय, लेकिन इसका अर्थ यह भी है कि वहाँ

समय का अस्तित्व ही न हो। यदि यह आरंभ से निरंतर है और अंतर्हित है तो यह समय से परे है।

मेरी तीव्र इच्छा यह है कि मैं निरंतरता चाहता हूँ। विगत अस्सी वर्षों से मैं अपने परिवार और अन्य चीजों के साथ रहता आया हूँ, जिन्हें मैं इन वर्षों में एकत्र करने में लगा रहा हूँ। अतः इन चीजों के साथ और भी समय व्यतीत करने के लिए मुझे और भी एक हजार वर्ष की चाहत है, लेकिन मृत्यु आगे बढ़कर यह कहते हुए मेरा हाथ पकड़ लेती है कि नहीं, तुम्हें तो मरना है। उसके बाद क्या होता है, मनुष्य को निरंतरता की इच्छा रहती है। निरंतरता वह सब है, जिसे मानव-मन ने एकत्र किया है।

—'लिविंग एंड डाइंग' में संकलित और
30 जुलाई, 1976 को सानेन में हुई वार्त्तालाप से उद्धृत

★

आप हिंदू हों या ईसाई हों या कुछ और, लेकिन आप अतीत, परंपरा और रीति-रिवाजों के साँचे में ढले हुए हैं। आप में लालच है और ईर्ष्या व आनंद भी। आप किसी की सुंदरता की प्रशंसा हैं और आप ही परितुष्टि तक न पहुँच पाने की व्यग्रता भी है और आप सबकुछ हैं, जोकि निरंतरता ही है।

—'लिविंग एंड डाइंग' में संकलित और
9 दिसंबर, 1959 को मद्रास में दिए गए भाषण से उद्धृत

★

निरंतरता शब्द से क्या तात्पर्य है, इस शब्द का क्या अर्थ, जोकि यह इतना ज्यादा प्रचलित है ? यदि कोई किसी बात के बारे में निरंतर सोचता रहता है तो यह सोचना एक विगत सुख को निरंतरता प्रदान करता है और यदि कोई किसी पीड़ादायक बात के बारे में सोचता रहता है, फिर चाहे वह अतीत से संबंधित हो या भविष्य से, फिर भी उसमें निरंतरता आ ही जाती है।

यदि कोई हर समय अपनी पत्नी, अपने घर, अपने बच्चों या अपनी

नौकरी के बारे में विचार कर रहा है तो समझो कि उसने अपनी निरंतरता को ही बनाया है। यदि उसमें कोई दुर्भावना या कोई भय है और वह उसके बारे में अकसर सोचता रहता है तो ऐसे में निरंतरता अपनी जड़ें जमा लेती है। सभी का मन निरंतरता के दायरे में ही रहकर कार्य करता है। मनुष्य मनोवैज्ञानिक रूप से हिंसक है, लेकिन फिर भी अहिंसा के बारे में सोचता रहता है। इस तरह हिंसा न करने की अपनी सोच द्वारा मनुष्य हिंसा होने की निरंतरता को ही बल दे रहा होता है। इस बात को समझना बहुत ही अधिक महत्त्वपूर्ण है और बात बहुत सरल भी है कि एक बार यदि बात समझ में आ जाए तो किसी भी विषय में सोचना उसे निरंतरता प्रदान करता है।

किसी को कुछ भी सुखद लग रहा हो या दुःखद, यदि वह उसके बारे में सोचे नहीं, न आनेवाले कल के बारे में, न मिलनेवाली सफलता के बारे में, न कीर्ति या अपकीर्ति के बारे में, न नेकी अथवा प्रतिष्ठा के विषय में और इस सबके बारे में बेपरवाह रहता है तो कोई निरंतरता ही नहीं रहती।

—'लिविंग एंड डाइंग' में संकलित और
7 मार्च, 1962 को मुंबई में दिए गए भाषण से उद्धृत

★

वर्तमान में हमारे संबंध धारणा पर आधारित हैं। मेरा किसी धारणा में गहरा विश्वास है, क्योंकि इससे मुझे सुरक्षा, दिलासा और कल्याण का अनुभव होता है और यही विश्वास मेरे विचारों को एकसूत्र में पिरोने, अनुशासित करने और नियंत्रित रखने का भी कार्य करता है। इस प्रकार उस धारणा के साथ मेरा संबंध मेरी मजबूती बन जाता है। अगर मेरा वह विश्वास मुझसे छीन लिया जाए तो मैं समझ नहीं पाऊँगा कि अब मैं क्या सोचूँ और क्या निर्णय लूँ।

—ऑन रिलेशनशिप' में संकलित और
9 मार्च, 1955 को मुंबई में दिए गए भाषण से उद्धृत

निर्भरता पर आधारित संबंध

क्या हमारे संबंध एक-दूसरे की मनोवैज्ञानिक निर्भरता पर आधारित नहीं हैं? मैं शारीरिक विषय पर पारस्परिक निर्भरता की बात नहीं कर रहा हूँ, क्योंकि वह तो बिल्कुल भिन्न मामला है। मेरी अपने पुत्र पर इसलिए निर्भरता है, क्योंकि मेरी यह इच्छा है कि वह ऐसा कुछ बने, जो मैं नहीं बन पाया। मेरा पुत्र मेरे लिए मेरी इच्छाओं और मेरी उम्मीदों की पूर्णता है और वही ऐसी निरंतरता भी है। इस प्रकार अपनी पत्नी, अपने पुत्र और अपने पड़ोसी से मेरा संबंध एक मानसिक मजबूरी बन गया है और इसीलिए किसी ऐसी अवस्था की आशंका, जिसमें कोई निर्भरता ही नहीं, मेरे पाँव के नीचे से जमीन खिसकने लगती है। हालाँकि मैं नहीं जानता कि उस अनिर्भरता के निहितार्थ क्या होंगे, इसीलिए मैं ग्रंथों, संबंधों और समाज पर निर्भर हो जाता हूँ। इसके अतिरिक्त मैं सुरक्षा, पद एवं प्रतिष्ठा के लिए संपत्ति पर निर्भर हो जाता हूँ और अगर इनमें से किसी पर नहीं तो फिर मैं अपने विचारों पर, अपने अनुभवों पर तथा अपने आप ही बनाई गई किसी महानता पर निर्भर हो जाता हूँ।

—ऑन रिलेशनशिप' में संकलित और
9 मार्च, 1955 को मुंबई में दिए गए भाषण से उद्धृत

★

हमारे संबंध मानसिक तौर पर निर्भरता पर आधारित हैं, इसीलिए इनमें भय व्याप्त रहता है। समस्या यह नहीं है कि निर्भर कैसे रहा जाए। समस्या निर्भरता से मुक्ति की नहीं है, बल्कि देखना यह है कि क्या हम वास्तव में ही निर्भर हैं। जहाँ आसक्ति हो तो वहाँ प्रेम नहीं रहता। ऐसा इसलिए कि कोई यह नहीं जानता कि प्रेम कैसे किया जाए। बस, व्यक्ति निर्भर रहने लगता है, जिससे भय उपजता है। अतः इस तथ्य को देखना अत्यंत महत्त्वपूर्ण होता है, न कि यह पूछना कि प्रेम कैसे किया जाए या

फिर भय से कैसे मुक्त हुआ जाए। कोई भी अपने भय को रेडियो सुनकर, पुस्तक पढ़कर या मंदिर जाकर तात्कालिक तौर अवश्य ही भुला सकता है, लेकिन यह सब पलायन का ही हिस्सा है। मदिरा की मादकता में रहनेवाले व्यक्ति में, धार्मिक ग्रंथों में रचे-बसे रहनेवाले व्यक्ति में और ईश्वर के घर यानी मंदिर में आने-जानेवाले व्यक्ति में कोई विशेष अंतर नहीं है, क्योंकि ये सभी पलायन ही कर रहे होते हैं। यहाँ यह सब देखने के बाद यदि कोई इस तथ्य को वास्तव में देख या समझ पाए कि जहाँ संबंधों में निर्भरता होती है, वहाँ भय और दु:ख तो होता ही है।

—ऑन रिलेशनशिप' में संकलित और
9 मार्च, 1955 को बंबई में दिए गए भाषण से उद्धृत

नूतन

विचार का अंत ही नूतन की शुरुआत है। नूतन के आविर्भाव के लिए सतत रूप से अंत का होना आवश्यक है। नूतन समय के क्षेत्र में संभव नहीं है, वह केवल क्षण-प्रतिक्षण अवसान में होता है।

—'जीवन भाष्य' में संकलित द्वितीय भाग से उद्धृत

प्रकाश की अनुभूति

व्यवस्था वह सदाचार है, जिसे प्रकाश कहा जाता है। यह प्रकाश किसी भी अन्य व्यक्ति द्वारा नहीं लाया जा सकता, फिर चाहे वह कितना भी अनुभवी, विद्वान्, चतुर और आध्यात्मिक क्यों न हो। वह प्रकाश आप ही की समझ एवं ध्यान में आएगा।

—'लिविंग एंड डाइंग' में संकलित और 19 मई, 1968 को
एम्सटर्डम में दिए गए भाषण से उद्धृत

पलायन

अधिकांश लोगों के लिए पलायन के विभिन्न तरीके बड़े महत्त्वपूर्ण हो गए हैं। लोग संगठित धर्मों और विश्वासों के सहारे पलायन किया करते हैं और किसी प्रतीक या छवि का दामन थाम लेते हैं। पलायन करने के लिए लोग बातूनी हो जाने का, लड़ाई-झगड़े का भी रास्ता अपनाने से नहीं चूकते हैं।

लोग परलोक में विश्वास या पुनर्जन्म के सिद्धांत से चिपके रहकर पलायन करना अधिक बेहतर समझते हैं।

—'लिविंग एंड डाइंग' में संकलित और
10 जनवरी, 1960 को मुंबई में दिए गए भाषण से उद्धृत

★

ईश्वर एक बड़ा मजेवाला पलायन है, ठीक वैसे ही जैसे मदिरा। जब मन पलायन कर रहा हो, किसी विशेष स्थिति से पलायन कर रहा हो तो फिर ऐसे में मंदिर और शराबखाने में कोई विशेष अंतर नहीं रह जाता है। शायद शारीरिक रूप से शराब कोई अच्छी चीज नहीं है, लेकिन ईश्वर में पलायन करने के अपने बड़े ही खतरे हैं।

—'लिविंग एंड डाइंग' में संकलित और
12 जून, 1962 को लंदन में दिए गए भाषण से उद्धृत

★

पर्वत

यदि कोई किसी पर्वत के बारे में सोचता है तो एक भारतीय होने के कारण और सभी तथाकथित धर्मग्रंथों के साथ पले-बढ़े होने के कारण वह शायद हिमालय की ही कल्पना करेगा। उसके लिए पर्वत का अर्थ हिमालय ही होगा। अत: उसके मन में अविलंब हिमालय की ही छवि उभरेगी, लेकिन पर्वत का अर्थ हिमालय नहीं होता। पर्वत तो नीले आसमान को छूती ऊँचाई है, जो किसी देश की नहीं होती, जिसका आकार हवाओं ने, भूकंपों ने

तराशा है और जो हिम की धवलता से आच्छादित होती है।

—'लिविंग एंड डाइंग' में संकलित और
7 मार्च, 1962 को मुंबई में दिए गए
भाषण से उद्धृत

परनिर्भरता

जब बिल्कुल अकेलापन होता है तो व्यक्ति फिर किसी-न-किसी चीज से तादात्म्य चाहता है; वह किसी धारणा से, किसी विश्वास से या किसी व्यक्ति से चिपका रहता है और इस तरह सभी समस्याओं का उदय परनिर्भरता से ही होता है।

—'नेटवर्क ऑफ थॉट' में संकलित और
19 जुलाई, 1981 को जानेन में दिए गए भाषण से उद्धृत

★

प्रयास

हम सभी कुछ-न-कुछ बनने के प्रयास में लगे हुए हैं। भौतिक दृष्टि से देखा जाए तो हम एक बेहतर जीवन चाहते हैं, एक अच्छा पद या उच्च प्रतिष्ठा की चाहत रखते हैं। जैविक दृष्टि से हम अगर स्वस्थ नहीं हैं तो स्वस्थ होने का प्रयास करते हैं।

—'नेटवर्क ऑफ थॉट' में संकलित और
16 जुलाई, 1981 को जानेन में दिए गए भाषण से उद्धृत

★

प्रज्ञा

यदि कोई किसी दूसरे व्यक्ति का अनुसरण करता है तो वह प्रज्ञा का निषेध कर रहा होता है। किसी दूसरे का अनुसरण, फिर वह चाहे कितना ही महान् क्यों न हो, स्वयं अपनी प्रतीति को, अपने अवलोकन को रोकना

है—उसमें उस व्यक्ति का अनुसरण मात्र होता है, जो आपको बताता है कि क्या किया जाए और क्या सोचा जाए। अगर कोई ऐसा करता है तो इसका अर्थ है प्रज्ञा का अभाव। प्रज्ञा के लिए आवश्यक है संदेह करना, प्रश्न करना और प्रज्ञा के लिए व्यक्ति निरपेक्ष अवलोकन की आवश्यकता होती है।

प्रज्ञा शाब्दिक रूप से स्पष्ट की गई किसी बात को समझने की आवश्यकता नहीं है। प्रज्ञा का अभिप्राय यह है कि हम यथासंभव जानकारी तो अवश्य प्राप्त करें, लेकिन यह जानते हुए कि किसी भी व्यक्ति या वस्तु के बारे में होनेवाली यह जानकारी कभी भी पूरी नहीं हो सकती। जहाँ प्रज्ञा होती है, वहाँ हिचक अवश्य होती है, निरीक्षण होता है और चिंतन की स्पष्टता होती है।

—'नेटवर्क ऑफ थॉट' में संकलित और 16 जुलाई, 1981 को जानेन में दिए गए भाषण से उद्धृत

प्रज्ञा का आविर्भाव

अगर हम देखें तो पाएँगे कि संसार में चारों ओर दुःख, द्वंद्व और संभ्रम लगातार बढ़ ही रहा है। जब मन प्रज्ञा के बजाय संबंधों में घुसपैठ करनेवाले ज्ञान से ही सरोकार रखने लगे, तब वह व्यग्रता की अवस्था में प्रवेश कर जाता है। हालाँकि प्रज्ञा का आविर्भाव तब होता है, जब उस ज्ञान को पहचान लिया जाए और मन ज्ञात से मुक्त हो जाए।

—10 मार्च, 1973 को सैन फ्रांसिस्को में दिए गए भाषण से उद्धृत

प्रतिमा

ध्यान से देखने पर आपको पता चलेगा कि आपकी अपने बारे में कोई प्रतिमा है, फिर चाहे घमंडी के रूप में हो या फिर उसके उलट हो।

प्रतिमाओं के कारण ही लोगों में विभाजन होता है। यदि आपकी एक स्विस के रूप में, एक फ्रेंच के रूप में या फिर एक ब्रिटिश के रूप में या किसी भी रूप में कोई प्रतिमा है तो वह प्रतिमा मानव-जाति के आपके निरीक्षण में या एक विकृति उत्पन्न करेगी और इतना ही नहीं, वह आपको दूसरों से अलग भी करेगी।

जब कोई अपने बारे कोई प्रतिमा बनाता है तो वह प्रतिमा उसे एक अलग सुरक्षा प्रदान करती है। अपने बारे में कोई प्रतिमा बनी नहीं कि वह प्रतिमा लगभग स्थायित्व प्राप्त कर लेती है और फिर व्यक्ति उस प्रतिमा की ओट में सुरक्षा पाने की तलाश करता है।

यदि कोई किसी से घनिष्ठ संबंध स्थापित कर लेता है तो उसके दैनिक जीवन में उस दूसरे व्यक्ति की एक प्रतिमा बन जाती है या फिर किसी व्यक्ति का अन्य व्यक्ति के साथ एक सप्ताह का या दस वर्षों का संबंध हो, उसके बारे में भी व्यक्ति के मन में एक प्रतिमा बन जाती है।

माना किसी की कोई प्रेमिका है तो वह अपनी प्रेमिका को कभी नहीं जान पाता, लेकिन फिर भी उसे लगता है कि वह उसे जानता है। ऐसा इसलिए होता है कि उस व्यक्ति के साथ रहकर उसके बारे में विभिन्न प्रसंगों की, विभिन्न विक्षोभों की दैनिक जीवन में घटनेवाली घटनाएँ स्मृति के रूप में वह व्यक्ति संगृहीत कर लेता है और उस दूसरे व्यक्ति ने भी अपनी प्रतिक्रियाओं का अनुभव कर लिया होता है, फिर इससे प्रतिमा दिलोदिमाग में बैठ जाती है। इस तरह की प्रतिमा का जीवन में बड़ा महत्त्व होता है।

बहुत ही कम लोग किसी प्रकार की प्रतिमा से मुक्त हैं। प्रतिमाओं से मुक्ति ही वास्तविक मुक्ति है। अगर आप या कोई अन्य हिंदू हैं और समस्त संस्कारबद्धता के साथ जन्म लिया है तो फिर आप प्रतिमाओं की इस समष्टि के साथ ही जीवनयापन करेंगे, जोकि आपकी संस्कारबद्धता ही है और बंधुत्व, एकता व पूर्णता इत्यादि के बारे में आप कितनी ही बातें करें, वे सब खोखले से शब्द ही होंगे तथा उनका आपके जीवन में कोई भी अर्थ

नहीं होगा, लेकिन अगर आप उन निरर्थक अंधविश्वासों की प्रतिबद्धता से अपने आपको मुक्त करेंगे तो आप उस प्रतिमा को तोड़ते रहेंगे।

—'नेटवर्क ऑफ थॉट' में संकलित और 19 जुलाई, 1981 को जानेन में दिए गए भाषण से उद्धृत

किसी ने भी जो प्रतिमा अपने बारे में बना रखी है, अगर वह उसकी ओर पूरा ध्यान देता है तो पता चलेगा कि उस प्रतिमा का कोई अर्थ नहीं रहा; क्योंकि वह प्रतिमा गायब हो जाती है।

जब कोई यह कहता है कि उसे बहुत दुःख हुआ है, उसे बहुत बुरा लगा है, तो उस समय व्यक्ति द्वारा बनाई हुई प्रतिमा ही आहत होती है। अतः जब तक अपने बारे में कोई प्रतिमा है, आहत होना अवश्यंभावी है।

—'नेटवर्क ऑफ थॉट' में संकलित और 21 जुलाई, 1981 को जानेन में दिए गए भाषण से उद्धृत

परिपक्वता

यह समझने की आवश्यकता है कि परिपक्वता क्या होती है। अधिकांश लोग यह जानते हैं कि आयु क्या होती है, क्योंकि सभी वयस्क होते हैं, फिर कोई यह चाहे या नहीं चाहे। आयु का बढ़ना परिपक्वता नहीं है। ज्ञान एवं जानकारी का परिपक्वता से कोई संबंध नहीं है। ज्ञान आयु में शामिल हो सकता है, लेकिन परिपक्वता में नहीं।

समाज के लिए और उसके मनोवैज्ञानिक ढाँचे के लिए परिपक्वता एक वज्रपात की भाँति है। जब तक स्वयं के प्रति पूरी तरह बेलाज नहीं होता और जब तक वह समाज से पूरी तरह स्वतंत्र नहीं हो जाता, तब तक

वह परिपक्व नहीं हो सकता। यदि इस सामाजिक ढाँचे से, लोभ, ईर्ष्या और पद-प्रतिष्ठा व आज्ञाकारिता से कोई भी मनोवैज्ञानिक रूप में पूरी तरह मुक्त नहीं है तो फिर वह कभी भी परिपक्व नहीं हो पाएगा। प्रत्येक को एक परिपक्व मन की आवश्यकता है। ऐसा मन, जो अपनी परिपक्वता में स्थित एकाकी है।

यह हर किसी को जान लेना चाहिए कि परिपक्वता का समय के साथ कोई संबंध नहीं है। हर कोई समाज के जिस मनोवैज्ञानिक ढाँचे में पैदा हुआ है, पला-बढ़ा है, उसे अगर कोई एकदम स्पष्ट रूप से यथार्थता के साथ देख सके तो फिर वह उससे बाहर निकल आएगा। इस प्रकार परिपक्वता अचानक ही आती है। कोई भी धीरे-धीरे परिपक्व नहीं हो सकता। यह परिपक्वता वृक्ष पर लगनेवाले फल की तरह नहीं है। उस फल को ताजी हवा, धूप और वर्षा की आवश्यकता होती है और वह इसी प्रक्रिया में पकता है, फिर टूटकर गिर जाता है, लेकिन परिपक्वता को तो पकाया नहीं जा सकता। यह परिपक्वता तो क्षण भर ही में उत्पन्न होती है।

यदि परिपक्वता की प्रकृति को समझ लिया जाए तो फिर समय व निरंतरता की प्रकृति को समझा जा सकता है।

—'लिविंग एंड डाइंग' में संकलित और
7 मार्च, 1962 को मुंबई में दिए गए भाषण से उद्धृत

★

प्रेम

प्रेम तभी संभव है, जब मरा जा सके। प्रेम न तो स्मृति है और न ही सुख है। ऐसा माना जाता है कि प्रेम का संबंध सेक्स से है। इसके बाद हम सांसारिक प्रेम और दिव्य प्रेम के बीच विभाजन पर लौट आते हैं और एक की निंदा तो दूसरे का अनुमोदन करने लग जाते हैं। यह तो निश्चित है कि इनमें से कोई भी क्रियाकलाप प्रेम नहीं है। इससे मिलन

नहीं हो सकता। प्रेम का आगमन तो तभी होता है, जब तक व्यक्ति पूर्ण रूप से अतीत, संपूर्ण पीड़ा और दुःख के प्रति मर नहीं जाता।

—'लिविंग एंड डाइंग' में संकलित और 20 मार्च, 1969 को लंदन में दिए गए भाषण से उद्धृत

★

हम प्रेम के कामनामय या आध्यात्मिक होने की बात करते हैं, जिसमें इसके पावन और सांसारिक रूप के बीच चलते रहनेवाली लड़ाई छिड़ी हुई है। हमने प्रेम को 'जो है' और 'जो होना चाहिए' के रूप में विभाजित किया हुआ है, लेकिन प्रेम क्या है, यह हम नहीं जानते। निश्चय ही प्रेम एक ऐसा अहसास है, जिसमें भावुकता के लिए कोई स्थान नहीं होता और न ही इसमें कोई अलगाव होता है। प्रेम तो बस भावना की परिपूर्ण पवित्रता है। प्रेम में निरंतरता का कोई भाव नहीं होता।

—'लिविंग एंड डाइंग' में संकलित और 9 दिसंबर, 1959 को मद्रास में दिए गए भाषण से उद्धृत

★

प्रेम ऐसी कोई चीज नहीं है, जिसे कोई भी ध्यान के माध्यम से या किसी गुण के अभ्यास के माध्यम से उपजा सकता हो। प्रेम को उपजाने का अर्थ है प्रेम को नष्ट करना।

—'लिविंग एंड डाइंग' में संकलित और 10 जनवरी, 1960 को मुंबई में दिए गए भाषण से उद्धृत

★

हमारे भीतर प्रेम नहीं है। प्रेम तो केवल तभी होता है, जब कुछ भी शेष नहीं बचता और जब हम संसार का पूरी तरह से त्याग कर देते हैं। यदि

हम पूरे संसार का पूरी तरह से त्याग कर देते हैं और कुछ भी शेष नहीं बचता, न कोई ईश्वर और न कोई आशा-निराशा, तब उस गहरी शून्यता में प्रेम की उत्पत्ति होती है।

—'लिविंग एंड डाइंग' में संकलित और 7 मार्च, 1962 को मुंबई में दिए गए भाषण से उद्धृत

★

जिस व्यक्ति में प्रेम नहीं है, वह सत्य तक नहीं पहुँच सकता। प्रेम के बिना आप चाहे कुछ भी कर लें, कितने भी बलिदान कर लें, ब्रह्मचर्य का संकल्प कर लें और कितनी ही उल्लेखनीय सफलताएँ प्राप्त कर लें, इनमें से किसी का भी कोई मूल्य नहीं होगा। कोई भी अपनी स्मृति के प्रति रोजाना मरे बिना प्रेम नहीं कर सकता, क्योंकि प्रेम स्मृति के क्षेत्र में नहीं है, बल्कि वह तो एक जीवंत अवस्था है।

—'लिविंग एंड डाइंग' में संकलित और 24 फरवरी, 1965 को मुंबई में दिए गए भाषण से उद्धृत

★

कोई भी उस चीज से प्रेम नहीं कर सकता, जिसे वह नहीं जानता। यद्यपि कोई कुछ भी नहीं जानता और किसी अजनबी को तो छोड़िए, कोई अपनी पत्नी तक को नहीं जानता, लेकिन फिर भी उसे उससे प्रेम करना होगा। कोई भी उसी से प्रेम करता है, जिसके बारे में वह निश्चित होता है और जो उसे सुख व सुरक्षा दे सकता है। कोई अनिश्चित व अज्ञात से प्रेम नहीं करता और न ही कोई खतरों से प्रेम करता है। अगर कोई प्रेम करता है तो वह उपलब्धियों से प्रेम करता है, फिर चाहे उसमें कितना ही कष्ट क्यों न हो।

व्यक्ति अपने पति या पत्नी व बच्चों से प्रेम करता है और युद्ध से घृणा करता है, लेकिन फिर भी युद्ध का अभ्यास करता है। व्यक्ति का प्रेम तो घृणा, महत्त्वाकांक्षा और भय को जानता है, लेकिन इनसे उठता धुआँ वास्तव में प्रेम नहीं है।

—'लिविंग एंड डाइंग' में संकलित और 23–31 अगस्त, 1964 को गस्टाड में दिए गए भाषण से उद्धृत

★

प्रेम क्या है, यह एक बहुत ही जटिल प्रश्न है। हम सभी समझते हैं कि हम किसी-न-किसी वस्तु से प्रेम करते हैं—राष्ट्रप्रेम, ईश्वर से प्रेम, अति भक्षण से प्रेम और किसी व्यक्ति से प्रेम। हमने प्रेम शब्द का इतना दुरुपयोग किया है कि बुनियादी तौर पर प्रेम क्या होता है, इसके बारे में गंभीरता से जाँच-पड़ताल आवश्यक हो गई है।

यदि हम इच्छा के स्वरूप को गहराई से नहीं समझते हैं तो हम हमेशा ही द्वंद्व में उलझे रहेंगे। मुझे किसी और चीज की इच्छा होगी तो मेरी पत्नी को किसी और ही चीज की, जबकि बच्चे को किसी और चीज की इच्छा होगी। इस प्रकार हम आपस में ही उलझे रहते हैं। इसी उलझन को, इसी लड़ाई को प्रेम कहा जाता है।

जब हम कहते हैं कि हम किसी से प्रेम करते हैं, तब उस प्रेम में कामना होती है और विचार की विभिन्न गतिविधियों के सुखद प्रक्षेपण होते हैं। हमें यह पता लगाना होगा कि क्या प्रेम कामना है, क्या प्रेम सुख है, क्या प्रेम में भय होता है।

प्रेम कोई धारणा नहीं है और ईश्वर का प्रेम केवल एक धारणा है, जबकि किसी प्रतीक का प्रेम भी एक धारणा ही है।

—'नेटवर्क ऑफ थॉट' में संकलित और 19 जुलाई, 1981 को जानेन में दिए गए भाषण से उद्धृत

यह बात साफ तौर पर समझ लेनी चाहिए कि किसी व्यक्ति के प्रति, किसी प्रतीक के प्रति या अपने परिवार के प्रति निष्ठा को प्रेम नहीं कहा जा सकता। यदि कोई किन्हीं कारणों से किसी अन्य के प्रति श्रद्धा रखता है तो उस श्रद्धा के पीछे कोई हेतु होता है, जबकि प्रेम का कोई हेतु नहीं होता और यदि कोई हेतु है तो प्रेम है ही नहीं।

जहाँ आसक्ति है, महत्त्वाकांक्षा है और प्रतिद्वंद्विता है, वहाँ प्रेम नहीं रह सकता; क्योंकि प्रेम न तो इच्छा है और न ही सुख है।

—'नेटवर्क ऑफ थॉट' में संकलित और
23 जुलाई, 1981 को जानेन में दिए गए भाषण से उद्धृत

★

किसी को याद करना प्रेम नहीं है। प्रेम ज्ञान या जानकारी नहीं है और प्रेम इच्छा या सुख भी नहीं है।

यदि प्रेम होता है तो कोई समस्या मौजूद नहीं रहती और प्रेम व करुणा की प्रकृति को मिल-जुलकर यह समझना होगा कि इच्छा क्या है।

—'नेटवर्क ऑफ थॉट' में संकलित और
19 सितंबर, 1981 को एम्सटर्डम में दिए गए भाषण से उद्धृत

★

संसार में प्रेम कहीं भी नहीं है। हम प्रेम की चर्चा करते हैं, भाईचारे की चर्चा करते हैं, उदारता और जीवन के एक होने की चर्चा अवश्य ही करते हैं, लेकिन ये सभी चर्चाएँ ढकोसला मात्र होती हैं। इनमें कोई गंभीरता नहीं होती है। यह लोगों को धोखा देने और मूर्ख बनाने के लिए किया जाने वाला शब्दजाल मात्र ही है। वास्तव में प्रेम कहीं होता ही नहीं है। आप जब अपने इर्द-गिर्द घोर निर्धनता और कष्टों को देखते हैं, अत्यधिक धनी और निर्धन लोगों को देखते हैं तो वहाँ भला प्रेम कैसे हो सकता है?

हमारा समाज, हमारे विद्यालय, हमारी शिक्षा और हमारे बड़े लोगों में

प्रेम का अभाव है। यही कारण है कि हमारा संपूर्ण समाज और हमारी संपूर्ण संस्कृति टूटकर बिखर रही है, सबकुछ पतन की ओर अग्रसर है।

—'टॉक्स विद स्टूडेंट्स' में संकलित और 6 जनवरी, 1954 को वाराणसी के विद्यार्थियों से वार्त्ता करते हुए

★

प्रेम न तो कोई आदर्श है और न ही यह कोई नजरिया है। कोई भी व्यक्ति या प्रेम करता है या फिर नहीं करता है। प्रेम को सिखाया नहीं जा सकता। इसका कोई पाठ भी नहीं है कि यह बताया जाए कि प्रेम कैसे किया जाए और न ही ऐसा कोई सिद्धांत ही है कि जिसका प्रतिदिन अभ्यास करके कोई भी यह जान पाए कि प्रेम है क्या। मेरे विचार से जब कोई समय के तात्पर्य को, दुःख की गहनता को और मृत्यु के साथ आनेवाली विशुद्धता को समझ लेता है, तब स्वाभाविक रूप से प्रेम का प्रस्फुटन होता है।

अगर हम समय को समझ लेते हैं तो हम यह समझ जाएँगे कि मृत्यु क्या होती है और यह भी कि दुःख क्या होता है। इसके विपरीत जब हम समय को दुःख और मृत्यु से अलग मानने लगते हैं तो हमारा देखने-समझने का नजरिया टुकड़ों में विभाजित होकर रह जाता है, इसीलिए प्रेम की अद्‌भुत सुंदरता को समझना बहुत मुश्किल हो जाता है।

प्रेम ही वह एकमात्र क्रांति है, जिससे व्यवस्था का जन्म होता है। प्रेम के अभाव में क्रांति केवल राज्य का पिछलग्गू बनाती है या किसी छवि की पूजा कराती है या फिर जनसाधारण को चूसनेवाले विकराल भ्रष्टाचार को उत्पन्न करती है और मनुष्य को महाविनाश की ओर ले जाती है।

—'लिविंग एंड डाइंग' में संकलित और 28 जुलाई, 1964 को सानेन में दिए गए भाषण से उद्धृत

★

प्रेम क्या है?

क्या प्रेम को शाब्दिक और बौद्धिक रूप से समझा जा सकता है अथवा क्या यह कोई ऐसी वस्तु है, जिसे शब्दों में बाँधा जा सकता है? वह क्या वस्तु है, जिसे हम प्रेम कहकर संबोधित करते हैं, क्या प्रेम भावुकता है, क्या प्रेम कोई भावना है, जब मनुष्य में ईर्ष्या, घृणा या प्रतिस्पर्धा का आवेश रहता है, तब भी क्या मनुष्य में प्रेम शेष रहता है, जब सभी अपनी-अपनी सुरक्षा की जुगत में रहते हैं, चाहे फिर वह मनोवैज्ञानिक हो, सांसारिक हो या बाहरी तो क्या तब भी प्रेम रहता है, मैं और आप इस बारे में न जाने कितने सिद्धांत पाले हुए हैं, लेकिन क्या वह शह है, जिसे प्रेम कहा जाता है?

हम यौन-सुख और सुख-लालसा दोनों से ही भलीभाँति परिचित हैं, जिसमें ईर्ष्या के साथ-साथ हावी होने की इच्छा बनी रहती है, यानी दूसरे का मालिक बनने की इच्छा, उसे अपने अधिकार में रखने की इच्छा आदि रहती है। इस प्रकार की जटिलताओं को देखकर ऐसा प्रतीत होता है कि संभव है कोई अन्य भी प्रेम है—अछूता, दिव्य और सुंदर। फिर हम उसके बारे में कल्पना करने लगते हैं और एक भक्तिपूर्ण, भावपूर्ण और भावुकतापूर्ण प्रवृत्ति में प्रवेश कर जाते हैं तथा ऐसे में कहीं के नहीं रह जाते। चूँकि हम प्रेम कही जानेवाली मानवीय अद्‌भुतता की गहराई को मापने में असफल रहते हैं, इसलिए हम उन कल्पनाओं में खो जाते हैं, जिनकी कोई प्रामाणिकता ही नहीं है तो फिर प्रेम क्या है, क्या सुखभोग की इच्छा ही प्रेम है?

प्रेम और दुःख

जब तक दुःख समाप्त नहीं हो जाता, तब तक प्रेम कैसे संभव है। बड़ी हैरानी की बात यह है कि लोगों ने प्रेम और दुःख को संबंधित किया हुआ है। किसी को अपने बेटे से प्रेम है और जब वह मर जाता है तो वह दुःख से भर जाता है। इस प्रकार दुःख के साथ प्रेम को जोड़ दिया जाता

है। क्या प्रेम सुख है कि उस सुख की पूर्ति न होने पर दुःख जाए? इस प्रकार यह कहा जाता है कि ईर्ष्या और आसक्ति इत्यादि रूपों में दुःख प्रेम का ही एक अंग है।

प्रेम और दुःख दोनों कभी साथ-साथ नहीं रह सकते।

—'नेटवर्क ऑफ थॉट' में संकलित और 23 जुलाई, 1981 को जानेन में दिए गए भाषण से उद्धृत

पुनर्जन्म

समस्त पूरब वालों का पुनर्जन्म में विश्वास है। जो आप हैं, उसका पुनर्जन्म होते देखना आपको अच्छा लगता है। पुनर्जन्म में यह बात निहित है कि हमारा फिर से जन्म होगा। अब इस बात का महत्त्व अधिक है कि आप इस जन्म में क्या करते हैं, बल्कि इस बात का नहीं कि अगला जीवन कैसा होगा। यदि आपका पुनर्जन्म होता है तो जिस बात का महत्त्व है, वह यह कि आप किस प्रकार जीवन जी रहे हैं, क्योंकि यह जन्म ही आपके आनेवाले कल, यानी अगले जन्म के लिए सुख या दुःख के बीज बोएगा।

—'लिविंग एंड डाइंग' से उद्धृत

पूर्वनियोजन

हम जैविक, शारीरिक और बौद्धिक रूप में भी पूर्वनियोजित हैं। किसी कंप्यूटर की भाँति हमारा भी पूर्वनियोजन किया गया है। कंप्यूटरों का पूर्वनियोजन विशेषज्ञ अपने मनचाहे परिणाम हासिल करने के लिए करते हैं और विचार के मामले में ये कंप्यूटर मनुष्य से बहुत आगे निकल जानेवाले हैं। ये कंप्यूटर अनुभवों को एकत्र कर सकते हैं, अनुभवों से सीख सकते हैं और अपने पूर्वनियोजन के अनुसार ज्ञान का संग्रह भी कर सकते हैं।

मनुष्य है क्या? एक कैथोलिक, एक प्रोटेस्टेंट, एक इटैलियन या किसी

और रूप में वह पूर्वनियोजित है। विश्वास करने के लिए, श्रद्धा रखने के लिए या किन्हीं धर्म-सिद्धांतों का अनुसरण करने के लिए सदियों से उसका पूर्वनियोजन किया गया है।

—'नेटवर्क ऑफ थॉट' में संकलित और 12 जुलाई, 1981 को जानेन में दिए गए भाषण से उद्धृत

फूल

फूल कभी यह नहीं देखता कि उसके समीप से गुजरनेवाला व्यक्ति धनी है अथवा निर्धन। उसके पास सुगंध और सुंदरता होती है। वह उन्हें निष्पक्षता के साथ सभी में बाँटता है। उसे इस बात से कोई मतलब नहीं रहता है कि आप बालक हैं, राज्यपाल हैं अथवा एक रसोइया। उसके लिए मात्र फूल होना ही काफी है और इसी में उसकी समस्त सुंदरता एवं सुगंध निहित है।

—6 जनवरी, 1954 को राजघाट बीसेंट स्कूल, वाराणसी के विद्यार्थियों से वार्त्तालाप करते हुए

भय

भय है क्या? इसका कोई अमूर्त रूप नहीं है और न ही इसका कोई अलग अस्तित्व है। जब यह किसी से जुड़ता है तो तभी अस्तित्व में आता है और संबंध की इस प्रक्रिया में भय फलता-फूलता है। किसी भी प्रकार के अभ्यास से भय को अधिकृत नहीं किया जा सकता, इसीलिए यह लगातार बना रहता है।

भय एक संवेदन है। यह उस 'मैं' से अलग है, जोकि भय को देख रहा होता है और इसका विश्लेषण कर रहा होता है। 'मैं' एक अवलोकनकर्ता है, जबकि भय वह है, जिसका अवलोकन किया जाता है।

कोई कहता है कि उसे मृत्यु से भय लगता है। चूँकि कोई भी इसका

अनुभव नहीं कर सकता, इसलिए उसे इससे भय लगता है। मृत्यु अज्ञात है और उसी अज्ञात से व्यक्ति को भय लगता है। किसी को भी इस बात से भय नहीं लगता कि भविष्य में क्या होगा, बल्कि जो वर्तमान में भी घटित हो सकता है, इससे ही व्यक्ति को भय लगता है। जो जैसा है, वह वैसा ही स्वयं को जानने से भयभीत रहता है।

—'जीवन भाष्य' में संकलित द्वितीय भाग से उद्धृत

पूरी तरह भ्रम रहित रहना बहुत आवश्यक है और भ्रम तभी तक रहता है, जब तक भय रहता है। जब कोई भय नहीं रहता तो कोई भ्रम भी नहीं रहता। भ्रम तो तब पैदा होता है, जब भय सुरक्षा में अपनी जड़ें जमा लेता है। भय ही भ्रम का रचयिता है।

—'लिविंग एंड डाइंग' में संकलित और
21 जुलाई, 1963 को सानेन में हुई वार्त्तालाप से उद्धृत

मुझे लगता है कि एक ऐसा बुनियादी भय है, जिसे उजागर करना अत्यावश्यक है। यह जो भय है, वह कुछ खो जाने के भय से, कुछ खराब हो जाने के भय से या किसी भी प्रकार की असुरक्षा से बहुत अधिक मजबूत होता है। अत: इस अन्वेषण में गहराई से जाने से पहले से हमें उन सभी भय को देख लेना चाहिए, जिनसे हम परिचित हैं। मुझे इनके बारे में बताने की कोई आवश्यकता नहीं, क्योंकि मनुष्य स्वयं ही इन्हें देख सकता है।

क्या आपने कभी वास्तव में भय को महसूस किया है ? कहीं इस कार्य में सफलता न मिले, कहीं रोजगार हाथ से न छूट जाए, कहीं कोई पड़ोसी कुछ गलत न कह दे और मृत्यु का भय आदि भय सामने ही खड़े रहते हैं। ये सब प्रकार के भय आपके भीतर एक भयानक भय उत्पन्न करते रहते हैं और आप हैं कि विभिन्न प्रकार के उपायों के माध्यमों से इस भय को दूर

करने का प्रयास करते रहते हैं।

आप मृत्यु के ही भय को देखिए। हालाँकि आप सभी मृत्यु से भयभीत होते हैं, लेकिन फिर भी इस भय को आप यह तर्क देकर दूर करने का प्रयास करते रहते हैं कि मृत्यु तो अवश्यंभावी है। कुछ भी नहीं तो आप पुनर्जन्म में विश्वास करने लगते हैं, क्योंकि इससे आपको संतोष मिलता है, लेकिन भय तो फिर भी बना ही रहता है।

हर कोई पूरी तरह से वर्तमान में जीने का प्रयास करता है, जिससे वह भविष्य के बारे में सबकुछ भूल जाए और उसका मतलब केवल वर्तमान से ही रहे, लेकिन फिर भी यह भय है कि वह जाता ही नहीं।

मुझे नहीं लगता कि हममें से अधिकांश ने भय को अनुभूत किया हो, क्योंकि हम तो हमेशा ही भय से बचकर निकलते रहे हैं अर्थात् इससे दूर भागने की कोशिश करते रहे हैं। हम कभी भी इसके साथ नहीं रहे हैं, न कभी हमने इसके भीतर झाँककर देखा है और न ही कभी यह पता लगाने की कोशिश की है कि आखिर भय है क्या।

चूँकि मनुष्य में कुछ भी न रहने का और बिल्कुल ही अकेला पड़ जाने का भय उसकी आत्मविसंगति के मूल में है, इसीलिए वह भयभीत रहता है। भय से मुक्ति आवश्यक है, लेकिन मनुष्य भय से तब तक मुक्त नहीं हो सकता, जब तक वह भय को अनुभूत न कर ले।

—'लिविंग एंड डाइंग' में संकलित और
9 दिसंबर, 1959 को मद्रास में दिए गए भाषण से उद्धृत

★

दर्पण में केवल वही दिखाई देता है, 'जो है'। कोई व्यक्ति स्वयं को देखे तो उसे पता चलेगा कि भय का संकल्प ही उसके जीवन की बागडोर थामे हुए है। जब भी कोई संकल्प मौजूद होता है, फिर वह चाहे कुछ करने का हो या असंतोष का हो या किसी उपलब्धि का, उसमें हमेशा भय ही

होता है। भय और संकल्प साथ-साथ चलते हैं। जब भी कोई संकल्प होगा, वहाँ भय अवश्य ही होगा।

अनेक प्रकार की इच्छाएँ अपने विरोधाभासों और प्रतिक्रियाओं के कारण संतुष्टि और असंतुष्टि का संकल्प रचती हैं तथा उस संकल्प में भय भी होता है।

—'लिविंग एंड डाइंग' में संकलित और
10 जनवरी, 1960 को मुंबई में दिए गए भाषण से उद्धृत

★

भय किसी भी रूप में हमारे भीतर विकृति लाता है, विभ्रम लाता है और यह भी कि दुःख हमारे मन को मंद कर देता है।

जब सुरक्षित रहने की चाह होती है तो फिर वह चाह भय को जन्म देती है अर्थात् जीने का भी भय और मरने का भी भय। भय कोई अमूर्त मामला नहीं है। भय आपके साथ परछाईं की भाँति चलता रहता है—पत्नी का या पति का भय, कुछ खो जाने का भय और इसी भय के साथ व्यक्ति जीवन जीता रहता है। यही कारण है कि वह यह नहीं जान पाता कि जीना है क्या, एक भयभीत मन कैसे जी सकता है? वह तो केवल अपने लिए एक शरणस्थली बना सकता है, आराम खोज सकता है, स्वयं को अलग कर सकता है, किसी धार्मिक कपोल-कल्पना के पीछे दौड़ सकता है, लेकिन यह तो जीना नहीं है। यह भय ही है, जो मृत्यु को एक घटना बना देता है। व्यक्ति स्वयं से भय को बहुत दूर खिसका देता है।

—'लिविंग एंड डाइंग' में संकलित और
6 नवंबर, 1963 को नई दिल्ली में दिए गए भाषण से उद्धृत

★

अधिकांश लोगों में भय व्याप्त रहता है, फिर चाहे वह रोग का भय हो, चिकित्सक का भय हो, अकेले पड़ जाने का भय हो, निर्धनता का भय हो या फिर वृद्धावस्था का भय हो। हमारे भीतर हजारों आंतरिक भय व्याप्त

हैं—मृत्यु का भय, बिना किसी साथी के जीवन गुजारने का भय इत्यादि।

जब तक व्यक्ति भय की प्रकृति को नहीं समझ पाता और उससे पूरी तरह मुक्त नहीं हो जाता, तब तक उसके देवी-देवता, उसका पलायन और उसके द्वारा किए जा रहे सभी सामाजिक कार्य इत्यादि का कोई अर्थ नहीं होता; क्योंकि उस समय वह एक विनाशकारी व्यक्ति बना रहेगा, लेकिन फिर भी वह अपने भय का हल नहीं कर पाएगा।

अकसर लोग भय के रहने के कारण उससे दूर भागते हैं। अगर मैं भयभीत हूँ और मदिरा, मंदिर या ईश्वर इत्यादि के माध्यम से पलायन करता हूँ तो मदिरा, मंदिर और ईश्वर मेरे लिए भय से अधिक महत्त्वपूर्ण बन जाते हैं। मैं ईश्वर, मंदिर और मदिरा का बचाव पूरी प्रबलता से करता हूँ, क्योंकि मेरे लिए वे बहुत महत्त्वपूर्ण बन जाते हैं। मेरे लिए वे ऐसे प्रतीक बन जाते हैं, जो मुझे यह दिलासा देते हैं कि मैं भय से पलायन कर सकता हूँ।

यदि कोई किसी भय के साथ जी रहा है तो वह अपना जीवन व्यर्थ कर रहा है, क्योंकि वास्तव में भय उसके जीवन को अंधकारमय कर रहा है।

जब कोई सर्प देखता है तो तुरंत ही उससे दूर हो जाता है। यह एक प्राकृतिक, स्वाभाविक और आत्मरक्षात्मक भय है। वास्तविकता तो यही है कि यह कोई भय नहीं है, बल्कि यह तो प्राणरक्षा के लिए की गई एक प्रतिक्रिया मात्र है।

—'लिविंग एंड डाइंग' में संकलित और
24 फरवरी, 1965 को मुंबई में दिए गए
भाषण से उद्धृत

★

पीढ़ी-दर-पीढ़ी मनुष्य भय के साथ जीता रहा है। वह गहरी वेदना के साथ जीता आया है और उस भावना के साथ जीता आया है, जिसे वह

प्रेम करता है और सदैव विद्यमान मृत्यु के भय के साथ भी।

—'नेटवर्क ऑफ थॉट' में संकलित और
12 जुलाई, 1981 को जानेन में दिए गए भाषण से उद्धृत

★

संपूर्ण मानवता की समान अवस्था भय ही है। कोई भी चाहे किसी छोटे से घर में रहे या किसी राजमहल में, किसी को चाहे कुछ भी काम न हो या फिर बहुत सारा कार्य हो, किसी की दुनिया भर की हर चीज की अच्छी जानकारी हो या कोई पूरी तरह से अज्ञानी हो, हर किसी के भीतर कहीं-न-कहीं भय अवश्य ही होगा और यह भय संपूर्ण मानव-जाति का समान लक्षण है।

—'नेटवर्क ऑफ थॉट' में संकलित और
21 जुलाई, 1981 को जानेन में दिए गए भाषण से उद्धृत

★

हम सभी में भय समान रूप से स्थित है। भय को ढोते हुए मनुष्य हजारों वर्षों से जीता आया है और इसका समाधान करने में असमर्थ रहा है। क्या यह संभव है कि हम भय से पूरी तरह मुक्त हो जाएँ। भय के केवल भौतिक रूपों से नहीं, बल्कि आंतरिक भय के आसानी से दिखाई न देनेवाले सूक्ष्म रूपों से भी मुक्त हो जाएँ।

—'नेटवर्क ऑफ थॉट' में संकलित और 19 सितंबर, 1981 को
एम्सटर्डम में दिए गए भाषण से उद्धृत

★

भय और प्रेम

यदि आपको अपने शिक्षक, अभिभावक से अथवा उनके बारे में लोग क्या कहते हैं, आदि से भय लगता है तो आप भला प्रेम कैसे कर सकते हैं? प्रेम के न रहने पर जीवन निरर्थक हो जाता है, यह अत्यधिक शुष्क, नीरस

और बोझिल हो जाता है। वास्तव में प्रेम के अभाव में आप फूलों की सुगंध, अलमस्त पक्षियों की उड़ान और जल में पड़ रहे सूर्य के सौंदर्य तक का आनंदित अहसास नहीं पा सकते हैं। ऐसी दशा में आप जी नहीं रहे होते, जीवन का वास्तविक आनंद नहीं उठा रहे होते।

जीवन का वास्तविक आनंद, आंतरिक समृद्धि की भावना, धनी-निर्धन का भाव त्यागकर संपूर्ण धरा को अपनी समझते हुए इसे और सुंदर बनाने की भावना का उमड़ना आदि बहुत महत्त्वपूर्ण है, किंतु यदि आपके मन में भय की भावना है तो ये सब अहसास नहीं उभर सकते। ये अहसास तभी उभर सकते हैं, जब आपका हृदय प्रेम से परिपूर्ण हो। ऐसा नहीं है कि प्रयत्न करके आप प्रेम में वृद्धि कर सकें, इसका अभ्यास नहीं किया जा सकता है। आप चाहे कितना ही कहें कि 'मुझे प्रेम करना चाहिए, मुझे दया भाव रखना चाहिए, मुझे विनम्र रहना चाहिए'। यह सब करने भर से प्रेम उत्पन्न नहीं होता, बल्कि यह तब उत्पन्न होता है, जब मन से भय की भावना समाप्त हो जाती है।

मैं कह रहा हूँ कि यदि किसी व्यक्ति के प्रति मन में भय है तो उसके प्रति सम्मान कैसे हो सकता है? ऐसा सम्मान कदापि सम्मान नहीं होता, यह भय का ही एक रूप है अथवा भय ही है। इसके विपरीत यदि मन में प्रेम है तो सम्मान का भाव स्वतः अचानक ही आ जाता है। ऐसा सम्मान अपने पिता के प्रति हो अथवा बड़े राज्याधिकारी के प्रति अथवा धनहीन कुली के प्रति ही क्यों न हो।

—'टॉक्स विद स्टूडेंट्स' में संकलित और 6 जनवरी, 1954 को वाराणसी में विद्यार्थियों से वार्त्तालाप करते हुए

★

भयभीत

हममें से अधिकतर मनुष्य किसी सामान्य अथवा असामान्य बात से

भयभीत रहते हैं—क्या ऐसा नहीं है? क्या आप इस बात को जानते हैं कि आप किससे भय रखते हैं? संभवत: आपको अपने शिक्षक, माता-पिता अथवा बड़े लोगों से भय लगता होगा या फिर आपको साँप अथवा भैंस से अथवा इस बात से कि कोई आपके बारे में क्या बात करता होगा और संभवत: आपको मृत्यु से भय लगता होगा। सभी व्यक्तियों को भय लगता है, किंतु कम आयु के व्यक्तियों का भय अपेक्षाकृत सामान्य सा होता है। आयु बढ़ती जाती है तो उसी अनुपात में भय भी अपेक्षाकृत अधिक जटिल, सघन और सक्षम होने लगते हैं।

दुनिया भर के सभी धर्मों ने लोगों पर नियंत्रण बनाने के लिए भय का उपयोग अस्त्र के रूप में किया है, ऐसा है अथवा नहीं? धर्म कहते हैं कि यदि तुमने धर्मानुसार ऐसा-ऐसा न किया तो आनेवाले जन्म में तुम्हें इसका परिणाम भोगना पड़ेगा। यद्यपि सभी धर्म लोगों के बीच आपसी प्रेम, भाईचारे और एकता की बात करते हैं, तथापि मौलिक रूप में क्रूरता और असभ्य ढंग से भय को आश्रय देते हैं।

भय काले बादल की भाँति होता है। जब यह आपके मन में समाया रहता है, तब आप अगर सूरज की रोशनी में चलते हुए भी अपने मन में समाए काले बादल के अंधकार के कारण हमेशा भयभीत रहते हैं।

भय से ग्रस्त व्यक्ति कभी भी सत्य अथवा भगवान् नहीं प्राप्त कर सकता। हमारी समस्त पूजा-अर्चनाओं, प्रतिमाओं और अनुष्ठानों के पीछे भय ही होता है। यही कारण है कि आपके देवता वास्तव में देवता नहीं, बल्कि पत्थर होते हैं।

भय का वास्तव में अपना कोई स्वतंत्र अस्तित्व नहीं होता है। यह किसी अन्य माध्यम से संबंधित होने पर ही अस्तित्व में आता है। यह साँप के माध्यम से हो सकता है, मेरे अभिभावक अथवा शिक्षक क्या कहेंगे, इस संबंध में हो सकता है और मृत्यु के संबंध में भी हो सकता है।

मन यदि भय को स्वयं ही न सृजित करे तो भय नाम की कोई चीज ही

नहीं होती है। वास्तव में मन कोई आश्रय की इच्छा रखता है, सुरक्षा की इच्छा रखता है और अनेक प्रकार की सुरक्षात्मक महत्त्वाकांक्षाएँ रखता है। यह सब जब तक रहेगा, तब तक भय का अस्तित्व भी बना रहेगा। महत्त्वाकांक्षा को समझना, वर्चस्व की भावना को समझना बहुत ही महत्त्वपूर्ण है। ये दोनों विध्वंसकारी भय के ही मूर्तिमान स्वरूप हैं।

—'टॉक्स विद स्टूडेंट्स' में संकलित और 5 जनवरी, 1954 को वाराणसी में विद्यार्थियों से वार्त्ता करते हुए

★

मन

हताशा के बिना जीना ही वर्तमान में जीना होता है, क्योंकि इसमें न तो अतीत को लौटाने की कामना होती है और न ही भविष्य के लिए संजोई कोई आशा। अतः मन कहता है कि मेरे लिए आप पर्याप्त हैं। मन न तो अतीत को अनदेखा करता है और न ही भविष्य के लिए आँखें बंद कर लेता है। इसने चेतना की संपूर्णता को समझ लिया होता है, जो केवल व्यक्तिगत ही नहीं, बल्कि सामूहिक भी है। अतः इसमें जैसे अलग कोई 'मैं' नहीं होता। मन ने स्वयं की संपूर्णता का समझ होने में व्यष्टि, समष्टि, वैयक्तिक और वैश्विक को भी समझ लिया होता है। अतः ऐसा मन महत्त्वाकांक्षा, मिथ्याभिमान और सामाजिक प्रतिष्ठा को त्याग देता है।

—'लिविंग एंड डाइंग' में संकलित और 21 जुलाई, 1963 को सानेन में हुए वार्त्तालाप से उद्धृत

★

निश्चय ही जब आप शारीरिक व मानसिक रूप से मन को भय से मुक्त करने के लिए ऊर्जावान हों और दफ्तर वगैरह जाने या अन्य सभी कार्यों को पूरी तरजीह दे रहे हों तो आपके लिए यह जानना आवश्यक है कि मरना

होता क्या है ? कैसा भी विश्वास भीतर उपजे, भय को दूर नहीं कर सकता। आप चाहे तत्संबंधी ग्रंथों का अध्ययन कर लें, लेकिन तब भी आपका मन भय से मुक्त नहीं हो पाएगा, क्योंकि मन को तो बस यही आदत है कि स्मृति के सहारे निरंतरता को बनाए रखा जाए। अत: अंत होने की कल्पना भर से वह (मन) भयभीत हो उठता है।

इस मन ने एक निरंतरता रच ली है। क्या इस मन का अंत नहीं हो सकता और वह भी जीवन के अंतिम क्षणों में नहीं, बल्कि इसी समय और क्या मन स्मृति के अपने सभी संग्रहों से मुक्त नहीं हो सकता ?

—'लिविंग एंड डाइंग' में संकलित और
9 दिसंबर, 1959 को मद्रास में दिए गए
भाषण से उद्धृत

⁂

एक ऐसा मन, जो किसी भी प्रकार के विभ्रम में उलझा हो, उसके लिए मृत्यु के इस अद्‌भुत विषय को समझना संभव नहीं। हम भ्रांति, कल्पना-विलास और भाँति-भाँति की कथाओं की शरण में चले जाते हैं, लेकिन इस प्रकार का मन शायद ही उस तथ्य को समझ सके, जिसे हम मृत्यु कहते हैं और न ही दु:ख से शिथिल पड़ गया मन इसे समझ सकता है।

—'लिविंग एंड डाइंग' में संकलित और
7 मार्च, 1962 को मुंबई में दिए गए
भाषण से उद्धृत

⁂

जो मन समय और निरंतरता को जानना-समझना चाहता है, उसे समय के प्रति बेपरवाह होना पड़ेगा। यह नहीं कि वह उस सूनेपन को, जिसे हम समय कहते हैं।

जो मन नदियों या पर्वतों को किसी देश के साथ न जोड़कर उन्हें उनके

विस्तार में देखता है तो वह क्षुद्रता से बाहर आ जाता है और संकीर्णता में नहीं जकड़ा रहता है।

—'लिविंग एंड डाइंग' में संकलित और 7 मार्च, 1962 को मुंबई में दिए गए भाषण से उद्धृत

जब कोई स्वयं अपने मन का अवलोकन करता है, तब वह देख पाता है कि आयु के साथ-साथ शारीरिक संरचना के हिस्से के रूप में किस तरह मन का धीरे-धीरे ह्रास होने लगता है। इस विघटन को और इस ह्रास को व्यक्ति स्वीकार कर लेता है, लेकिन इसका ध्यान उस ओर नहीं जाता और जब उसका ध्यान इस ओर जाता है तो एक भयानक द्वंद्व पैदा हो जाता है कि किस प्रकार इस मन को सँभाला जाए, जो पतन की ओर जा रहा है।

गौर से देखने से पता चलेगा कि किसी भी व्यक्ति का मन किस कदर आदतों में जीता है। मन यह सब आदतन इसलिए करता है, क्योंकि उसमें स्वयं को सुरक्षित न रखने का भय बना रहता है।

—'लिविंग एंड डाइंग' में संकलित और 6 नवंबर, 1963 को नई दिल्ली में दिए गए भाषण से उद्धृत

मन की इच्छा

मनुष्य शारीरिक सुरक्षा के सत्य से तो परिचित हो ही रहा है, लेकिन यह मन तो विभिन्न रूपों में सुरक्षा की इच्छा लिये उनके पीछे दौड़ता रहता है, किसी स्थायी वस्तु की तलाश में, लेकिन क्या स्थायी जैसा कुछ होता है ? हो सकता है कि इसकी इच्छा इसलिए भी हो, क्योंकि मुझे अपने चारों ओर हर चीज लुप्त होती, नष्ट होती दिखाई देती है। मुझे यह भी दिखाई देता है कि हर शह परिवर्तनशील है, लेकिन फिर भी मन अपनी इच्छानुसार

सुरक्षा और स्थिरता का राग आलापता रहता है।

—'ऑन रिलेशनशिप' में संकलित और 25 जुलाई, 1974 को जानेन में दिए गए भाषण से उद्धृत

मन का स्थायित्व

विचार एवं मापन के रूप में मन ने समय की रचना कर दी है और इसी मापन में वह विचरण करता रहता है। इसी में मन ने 'मैं' और 'अन्य' के रूप में स्थायित्व तलाशने का प्रयास किया है।

—'ऑन रिलेशनशिप' में संकलित और 26 जुलाई, 1974 को जानेन में दिए गए भाषण से उद्धृत

धार्मिक व्यक्ति

जो व्यक्ति संन्यासी का वेश धारण कर लेता है, दाढ़ी बढ़ा लेता है, मंदिर जाता है, लेकिन जीवन से दूर भागता है तो वह व्यक्ति धार्मिक है ही नहीं। धार्मिक व्यक्ति तो वह है, जो प्रतिदिन मरता है और प्रतिदिन जन्म लेता है।

—'लिविंग एंड डाइंग' में संकलित और 24 फरवरी, 1965 को मुंबई में दिए गए भाषण से उद्धृत

मनुष्य

कोई भी मनुष्य अपने दु:खों, संतापों और अपनी उलझनों का अंत नहीं करता है। तब वह शेष संसार के समान ही होता है। वह मृत्यु को प्राप्त हो जाता है, लेकिन फिर भी दु:ख और संताप का विस्तार फिर भी जारी रहता

है। यही वास्तविकता है। किसी नदी की जलराशि की भाँति मनुष्य का दु:ख भी लगातार चलता रहता है। यहाँ कितनी हिंसा, घृणा और ईर्ष्या है, यही विशाल नदी है और सभी मनुष्य इस नदी के काग हैं। जब तक कोई भी मनुष्य इस नदी के प्रति मर नहीं जाता, तब तक यह बहती रहेगी। जो मनुष्य इस नदी से बाहर निकल जाता है, वही जान पाता है कि उस नदी के पार क्या है। जब तक मनुष्य इस नदी में बना रहता है, तब तक वह इस बात से अनभिज्ञ रहता है कि मृत्यु है क्या। अत: मनुष्य को बिना किसी प्रत्याशा के प्रत्येक चीज के प्रति मरना ही होगा। यह एक बहुत ही कठिन कार्य है। जो मनुष्य प्रत्येक चीज के प्रति मर जाता है, वही उसे जान पाता है, उससे परिचित हो पाता है।

—'लिविंग एंड डाइंग' में संकलित और
30 जुलाई, 1976 को सानेन में दिए गए
भाषण से उद्धृत

★

जब रोबोट और कंप्यूटर मनुष्य के लिए संभव लगभग सभी कार्य करने लगेंगे तो फिर आनेवाले मानव-समाज की क्या स्थिति होगी, जब रोबोट और कंप्यूटर कारें बनाने लगेंगे और शायद मनुष्य से बेहतर तो तब एक सामाजिक हस्ती के रूप में मनुष्य का क्या होगा?

—'नेटवर्क ऑफ थॉट' में संकलित और
12 जुलाई, 1981 को जानेन में दिए गए भाषण से उद्धृत

★

मनोवैज्ञानिक समय

वैज्ञानिकों और दार्शनिकों का कहना है कि जीव-विज्ञान, भाषा-विज्ञान और तंत्र-विज्ञान की दृष्टि से समय का तत्त्व विकास के लिए आवश्यक

है, लेकिन उन्होंने मनोवैज्ञानिक समय के स्वरूप का कभी अन्वेषण नहीं किया। मनोवैज्ञानिक समय का तात्पर्य है कि मानसिक तौर पर कुछ बनने की प्रक्रिया का अन्वेषण।

—'नेटवर्क ऑफ थॉट' में संकलित और 16 जुलाई, 1981 को जानेन में दिए गए भाषण से उद्धृत

पलायन और बदलाव

सबसे अधिक महत्त्ववाली बात यह है कि पलायन से स्वयं को कैसे बचाया जाए, क्योंकि पलायन के तो कई प्रकार हैं, जैसे धार्मिक पलायन, सांसारिक पलायन आदि। सभी पलायन एक जैसे ही हैं। सबसे बड़ी बात यह है कि पलायन के द्वारा हमारी समस्याओं का हल नहीं होता। यदि हमारी समस्या का मूल है तो वह है द्वंद्व। संसार में जो भी कुछ घटित हो रहा है, वह हमें दिखाई दे रहा है। फिर चाहे वह युद्ध हो, दु:ख हो या विध्वंस हो। आप यह सब रोक तो नहीं सकते, लेकिन आप एक कार्य कर सकते हैं और वह है संसार के साथ अपने संबंधों में परिवर्तन लाना तथा केवल यूरोप या अमेरिका के साथ नहीं, बल्कि अपने कार्यस्थल एवं घर-संसार के साथ अपने संबंधों में परिवर्तन लाना।

—'ऑन रिलेशनशिप' में संकलित और 4 दिसंबर, 1949 को राजमंडरी में दिए गए भाषण से उद्धृत

मृत्यु

मृत्यु से पार पाने के लिए मनुष्य ने अनेक भ्रामक उपायों की रचना कर डाली है, जैसे इसकी पूजा करना और इसके प्रति असंख्य विश्वासों से चिपके रहना। मृत्यु को समझना है तो निश्चय ही व्यक्ति को एक नौसिखिए

की भाँति सामने आना होगा, क्योंकि मृत्यु के बारे में कोई भी कुछ नहीं जानता। वृद्धावस्था, दुर्घटना, रोग, हत्या या आत्महत्या से शारीरिक जीवन का अंत हो जाता है, लेकिन कोई भी मृत्यु को उस तरह नहीं जानता, जिस तरह निर्दयता, भूख और क्रूरता को जानता है। वास्तव में कोई भी यह नहीं जानता कि मृत्यु है क्या और जब तक कोई इसे जान नहीं पाता, तब तक मृत्यु का किसी के लिए कोई अर्थ भी नहीं है।

वास्तव में मृत्यु अधिक दूर नहीं है। यह नहीं है। जब कोई बात करता है और वह आमोद-प्रमोद में होता है, तब भी मृत्यु उसके साथ ही बनी रहती है।

जब तक व्यक्ति ज्ञात से मुक्त नहीं होगा, वह मृत्यु में निहित सौंदर्य एवं उसकी अद्‌भुत प्रकृति को नहीं समझ सकेगा। ज्ञात का चले जाना ही मृत्यु की समझ का उदय है, क्योंकि उस समय मन कोरा और नवीन हो जाता है और उसमें किसी प्रकार का कोई भय शेष नहीं रहता। अतः व्यक्ति तब उस अवस्था में प्रवेश कर जाता है, जिसे मृत्यु कहा जाता है।

—'लिविंग एंड डाइंग' में संकलित और
28 जुलाई, 1964 को सानेन में दिए गए भाषण से उद्धृत

★

जब शारीरिक संरचना पूरी हो जाती है अर्थात् आयु पूरी हो जाती है, तब मृत्यु का होना अवश्यंभावी है। हो सकता है कि वैज्ञानिक कोई ऐसी दवा खोज निकालें, जिससे मनुष्य की आयु को 50-100 वर्ष और बढ़ाई जा सके, लेकिन फिर भी मृत्यु तो अवश्यंभावी है।

—'लिविंग एंड डाइंग' में संकलित और
28 अप्रैल, 1968 को पेरिस में दिए गए भाषण से उद्धृत

★

हम सभी के लिए जीवन के एक महत्त्वपूर्ण पक्ष मृत्यु को समझना

बहुत आवश्यक है। हम सबकी आयु बढ़ती है और यह आयु का बढ़ना दिखाता है कि हमारा जीवन किस प्रकार का रहा है। वह स्थिति हमारे मुख पर दृष्टिगोचर होती है कि हम कितने असभ्य और अमानुषिक ढंग से जीवनयापन करते रहे हैं। हम अपने बालपन की संवेदनशीलता खो बैठे हैं। बालपन में हम स्पष्ट और निष्कपट हुआ करते थे। जैसे-जैसे आयु बढ़ती जाती है, वैसे-वैसे हम मंद और असजग होते जाते हैं। इस प्रकार हम वृद्धावस्था को पहुँचते हैं और फिर एक अद्‌भुत सी घटना घटती है, जिसे मृत्यु कहा जाता है।

—'लिविंग एंड डाइंग' में संकलित और 19 मई, 1968 को एम्सटर्डम में दिए गए भाषण से उद्धृत

★

मृत्यु अंततः है क्या—इस बात को पूरी तरह समझना बहुत कठिन है और यही कठिनता व्यक्ति को डराए रखती है, क्योंकि यह उस मशीन की तरह है, जिसके बारे में कोई भी कुछ नहीं जानता। यदि कोई इसे जानना-समझना चाह रहा है तो उसे इसके निकट जाना प्रियकर लगेगा। अतः मृत्यु की अवधारणा में न उलझकर इसे समझने व जानने में आनंद लेना चाहिए।

—'लिविंग एंड डाइंग' में संकलित और 27 जुलाई, 1972 को सानेन में दिए गए भाषण से उद्धृत

★

यदि मृत्यु जैसी असाधारण घटना को जानना-समझना है तो मन को स्पष्ट होना चाहिए और इसे किसी प्रतिपादित सिद्धांत के फेर में नहीं फँसना चाहिए। निश्चय ही मृत्यु एक असाधारण तथ्य है और यह कोई ऐसी चीज नहीं है कि इसे भुला दिया जाए या इससे भयभीत रहा जाए।

मृत्यु अज्ञात है। उसके बारे में आपके पास केवल अवधारणाएँ हैं। आप

मृत्यु को देखने से या तो आँख चुराते हैं या आप यह कहते हुए इसे तर्कसंगत ठहरा देते हैं कि यह तो अपरिहार्य है, पर एक ऐसा परिपक्व मन, जो भयरहित एवं भ्रमरहित है और जो निरंतरता की मूर्खतापूर्ण तलाश के चक्कर में नहीं पड़ा हुआ, केवल वही मन देख पाता है कि मृत्यु क्या है।

—'लिविंग एंड डाइंग' में संकलित और 21 जुलाई, 1963 को सानेन में दिए गए भाषण से उद्धृत

★

जैसे-जैसे हमारी आयु बढ़ती रहती है, हमें इस बात का पता चलता जाता है कि मृत्यु निकट प्रतीक्षा में है। क्या आपको इससे भय लगता है अथवा नहीं, इस भय को, जो मृत्यु से उपजा है, किस प्रकार समझेंगे? आप इस भय से किस प्रकार मुक्त होंगे और मृत्यु है क्या? वास्तव में यह सब उसका अंत है, जिसे आपने जाना है और यही तथ्य भी है। मुद्दा यह नहीं है कि आप बचेंगे या नहीं। मृत्यु के बाद भी बने रहना एक प्रकार की अवधारणा ही तो है। आप मृत्यु के प्रश्न की गहराई में झाँकते ही नहीं, क्योंकि मृत्यु के आने की संकल्पना ही आपके लिए दिल दहला देनेवाली होती है।

यदि मनुष्य को भय से मुक्त होना है तो निश्चय ही उसे मृत्यु की प्रकृति को समझना होगा, उसे उसका अनुभव करना होगा और इसकी गुणधर्म को जानना होगा। मृत्यु तो एक अद्भुत घटना है।

जब मृत्यु आती है तो वह किसी से अनुमति नहीं लेती है। बस वह आती है और आपको ले जाती है। मनुष्य जहाँ कहीं भी होता है, यह वहीं उसे समाप्त कर देती है।

—'लिविंग एंड डाइंग' में संकलित और 9 दिसंबर, 1959 को मद्रास में दिए गए भाषण से उद्धृत

★

यदि किसी ने अपने भीतर प्रत्येक चीज को—हर मनोवैज्ञानिक जड़ को, आशा को, हताशा को, व्यग्रता को, सफलता को और आसक्ति को—सभी को काटकर अलग कर दिया है तो इस शल्यक्रिया से बिना यह जाने कि इसके बाद क्या होगा, इस नकार-इनकार में ऊर्जा उभरकर आएगी, जो उसका सामना करने में सक्षम है, जिसे मृत्यु कहा जाता है।

—'लिविंग एंड डाइंग' में संकलित और 7 मार्च, 1962 को बंबई में दिए गए भाषण से उद्धृत

★

अधिकांश लोग मृत्यु से भयभीत रहते हैं और मृत्यु के संबंध में बेतुके विश्वासों से चिपके रहकर मृत्यु से भागने का प्रयास करते रहते हैं, जबकि इन विश्वासों की उत्पत्ति विचार द्वारा ही होती है। मेरे विचार से मृत्यु के विषय में पैठ बनाने के लिए एक ऐसे मन की आवश्यकता होती है, जो न केवल न्यायसंगत, तर्कसंगत और विवेकपूर्ण हो, बल्कि जो तथ्य को प्रत्यक्षत: देख पाए और जो मृत्यु को यथावत् देखने में समर्थ भी हो।

यदि मृत्यु को समझना है तो फिर निषेधात्मक दृष्टि अपनानी होगी, क्योंकि कोई भी नहीं जानता कि आखिर यह है क्या। हमने दूसरों को मृत्यु के मुख में जाते देखा है। हम जानते हैं कि रुग्णता, वृद्धावस्था या दुर्बलता या किसी घटना के कारण ही मृत्यु होती है, लेकिन हम वास्तव में यह नहीं जानते कि मरने का अर्थ है क्या। हम मृत्यु की तर्कसंगत व्याख्या कर सकते हैं, लेकिन हम इस बात से परिचित नहीं हो पाते कि मृत्यु है क्या।

मृत्यु का घटित होना वाकई में एक अद्भुत घटना है। दु:ख, आनंद, पीड़ा, प्रेम और अकेलापन सभी कुछ तो इस जीवन में समाहित है, लेकिन मृत्यु को समझने के लिए जीवन को इसकी समग्रता में समझना होगा; क्योंकि

जीवन की गहराई के स्पर्श में ही मृत्यु की समझ छिपी हुई है।

—'लिविंग एंड डाइंग' में संकलित और 12 जून, 1962 को लंदन में दिए गए भाषण से उद्धृत

यह जानने के लिए कि मृत्यु है क्या, अपने परेशानियों के साथ जीवन व्यतीत करते हुए अपने और मृत्यु के बीच कोई दूरी नहीं होनी चाहिए। जब तक व्यक्ति जीवंत है, सचेत है तो उसे मृत्यु का अर्थ अभी समझ लेना है।

—'लिविंग एंड डाइंग' में संकलित और 6 नवंबर, 1963 को नई दिल्ली में दिए गए भाषण से उद्धृत

मृत्यु अपरिहार्य है—वृद्धावस्था, रुग्णता और दुर्घटना इसे ले आते हैं। हालाँकि वैज्ञानिक इस जीवन की आयु को और पचास या कुछ अधिक वर्षों तक बढ़ाने के लिए प्रयत्नशील हैं। यह तो ईश्वर ही जाने कि वैज्ञानिक इस दर्द भरे जीवन को और लंबा क्यों करना चाहते हैं, लेकिन हम सब तो चाहते ही यही हैं।

मृत्यु ऐसी होती है, जो कोई फूल मर जाए या कोई लता। वह लता उसी सौंदर्य तथा सौम्यता के साथ मर जाती है, बिना किसी बहस के या बिना किसी पश्चात्ताप के ही वह मृत्यु को प्राप्त हो जाती है। हम हैं कि समय के सहारे मृत्यु से पलायन करते हैं और हम कभी उस अद्‌भुत चीज के संपर्क में नहीं आ पाते, जिसे मृत्यु कहा जाता है।

—'लिविंग एंड डाइंग' में संकलित और 24 फरवरी, 1965 को मुंबई में दिए गए भाषण से उद्धृत

मृत्यु कोई साधारण घटना नहीं है। मृत्यु लौटा नहीं करती और इसके साथ कोई वाद-विवाद भी संभव नहीं होता। कोई भी व्यक्ति जीवन के साथ तो वाद-विवाद कर सकता है, लेकिन मृत्यु के साथ यह संभव नहीं। मृत्यु अंतिम और आत्यंतिक होती है।

मृत्यु में न तो कुछ भी पुरातन होता है और न नूतन, न इसमें मुसकान होती है और न ही आँसू। मृत्यु कोई मुखौटा नहीं, किसी वास्तविकता को ढाँप रहा हो या छिपा रहा हो।

—'लिविंग एंड डाइंग' में संकलित और
23-31 अगस्त, 1964 को गस्टाड में दिए गए भाषण से उद्धृत

★

मनुष्य को मृत्यु के बड़े-बड़े निहितार्थों पर भी मिल-जुलकर विचार-विमर्श करना होगा। मृत्यु जीवन का एक अंग है। हालाँकि हम मृत्यु के बारे में बात करने से बचते रहते हैं, लेकिन फिर भी मृत्यु तो अटल सत्य है और हमें उसकी गहन जाँच-पड़ताल करने की आवश्यकता है।

—'नेटवर्क ऑफ थॉट' में संकलित और 23 जुलाई, 1981 को
जानेन में दिए गए भाषण से उद्धृत

★

मस्तिष्क

अगर जो भी हो रहा है, मस्तिष्क उसे मनोवैज्ञानिक तौर पर उसे दर्ज करने में लगा रहे तो फिर वह कभी भी मौन होने के लिए मुक्त नहीं हो सकता और न कभी शांत व स्थिर हो सकता। अगर मस्तिष्क की यंत्र-प्रणाली लगातार कार्यरत रहे तो वह छीज जाती है।

गणित सीखने के लिए जो कुछ आवश्यक है, उसका अवश्य ही अंकन किया जाना चाहिए। अगर किसी को इंजीनियर बनाना है तो संरचनाओं से

संबंधित समस्त गणित को उसे मस्तिष्क में दर्ज कर लेना पड़ेगा। यदि किसी को भौतिक विज्ञानी बनना है तो उस विषय में अब तक जो कुछ प्रस्थापित हो चुका है, उसे मस्तिष्क में अंकित करना ही होगा।

—'नेटवर्क ऑफ थॉट' में संकलित और
19 जुलाई, 1981 को जानेन में दिए गए
भाषण से उद्धृत

★

अगर हम सभी क्रियाकलापों का बड़ा बारीकी से निरीक्षण करें तो पता चलेगा कि हमारा मस्तिष्क बहुत ही आंशिक रूप से कार्य करता है। इसके परिणामस्वरूप जैसे-जैसे हमारी आयु बढ़ती जाती है तो हमारी ऊर्जा घटती रहती है। जैसे-जैसे हम शिक्षित होते हैं, वैसे-वैसे मस्तिष्क की क्रियाशीलता संकुचित होने लगती है।

—'नेटवर्क ऑफ थॉट' में संकलित और
21 जुलाई, 1981 को जानेन में दिए गए भाषण से उद्धृत

★

मस्तिष्क अगर असाधारण रूप से जीवंत और क्रियाशील नहीं रहेगा तो वह धीरे-धीरे मुरझा जाएगा। चूँकि मस्तिष्क को विचार करना पड़ता है, इसलिए उसे क्रियाशील रहना पड़ता है।

—'नेटवर्क ऑफ थॉट' में संकलित और
26 जुलाई, 1981 को जानेन में दिए गए भाषण से उद्धृत

★

महत्त्वाकांक्षा

जहाँ महत्त्वाकांक्षा होती है तो क्या वहाँ प्रेम रह सकता है, फिर वह महत्त्वाकांक्षा भौतिक संसार में हो या मानसिक संसार में, हर बात पर चोटी पर

रहने की महत्त्वाकांक्षा, सफल व्यक्ति बनने की महत्त्वाकांक्षा यानी जहाँ किसी भी प्रकार की महत्त्वाकांक्षा, क्या वहाँ प्रेम रह सकता है ? नहीं।

—'नेटवर्क ऑफ थॉट' में संकलित और 23 जुलाई, 1981 को जानेन में दिए गए भाषण से उद्धृत

★

मानव-जाति

कोई भी व्यक्ति कहीं भी जाए, कहीं भी रहे, वह अमीर हो या गरीब, वह ईश्वर पर विश्वास करता हो या किसी सत्ता पर, यह सच है कि विश्वास या श्रद्धा करना संपूर्ण मानव-जाति का लक्षण है। अनेक प्रतिमाएँ होंगी और अनेक प्रतीक होंगे, लेकिन उन सबकी उपज एक ऐसी जमीन से हुई है, जो संपूर्ण मानव-जाति के लिए समान ही है।

—'नेटवर्क ऑफ थॉट' में संकलित और 12 जुलाई, 1981 को जानेन में दिए गए भाषण से उद्धृत

★

मानव-संबंध की समस्या

मानव-संबंध भी समस्या बन गया है। यह समस्या शब्द अंग्रेजी शब्द 'प्रॉब्लम' का अर्थ है। किसी पर थोपी गई कोई चीज एक चुनौती होती है। एक ऐसी चीज, जिसका उसे सामना करना है और कुछ ऐसा जो उसे समझना है। यह सत्य है कि किसी भी चुनौती से निपटने के लिए व्यक्ति को एक सम्यक् दृष्टिकोण की आवश्यकता होती है। इसलिए व्यक्ति को यह समझना होगा कि समस्या के प्रति उसका दृष्टिकोण क्या है। सभी के सामने मानव-संबंध की समस्या है और यह समस्या प्रतिदिन की है, फिर

भले ही कोई इससे अवगत हो या नहीं।

—'ऑन रिलेशनशिप' में संकलित और 24 जनवरी, 1982 को बंबई में दिए गए भाषण से उद्धत

मानसिक प्रक्रिया

जो भीतर अवस्थित है, वह बाहर भी हावी हो जाता है। संपूर्ण मानसिक प्रक्रिया को समझे बिना ही विचार करने का कोई आधार नहीं होता है। कोई भी सोच, जो कर्म के लिए कोई व्यवस्था निर्मित कर लेती है, वह व्यक्ति को केवल अधिक ज्ञान और अधिक उलझन की ओर ही ले जाती है।

—'ऑन रिलेशनशिप' में संकलित और 22 जनवरी, 1950 को कोलंबो में हुई रेडियोवार्त्ता से उद्धृत

★

मुक्ति

जब सुनने की प्रक्रिया होती है, तब हम अपने ही बारे में सीख रहे होते हैं और यह केवल किसी विवरण का अनुसरण करना नहीं होता। इस प्रकार हम संपूर्ण स्वतंत्रता को ला रहे होते हैं, जिसमें हमारा मस्तिष्क कार्यशील हो सके और जहाँ समग्रता कार्यरत होती है, वहाँ अविखंडित और एकीकृत व्यवस्था भी आ ही जाती है और जब यह व्यवस्था होती है, तब संपूर्ण मुक्ति होती है।

—'नेटवर्क ऑफ थॉट' में संकलित और 21 जुलाई, 1981 को जानेन में दिए गए भाषण से उद्धृत

★

मूलभूत क्रांति

मूलभूत क्रांति तभी अस्तित्व में आती है, जब हमें इसका प्रयोग करने की अत्यंत आवश्यकता पड़ती है। यह रूपांतरण कोई हवाई घटना नहीं है,

जिसकी केवल इच्छा की जाए; यह तो यथार्थ है, जो अनुभव किया जा सकता है, लेकिन तब जब हम अपने संबंध के तौर-तरीके समझें। यह मूलभूत क्रांति 'प्रेम' कहकर भी संबोधित की जा सकती है।

—22 जनवरी, 1950 को कोलंबो में हुई रेडियोवार्त्ता से उद्धृत

संबंधों में सबसे बड़ी गड़बड़ अलगाव का पैदा होना होता है और किसी भी व्यक्ति के भीतर यह भावना उसके जीने की, विचारों की और गतिविधियों की संपूर्ण प्रक्रिया के कारण पैदा होती है। जो चालाक है, महत्त्वाकांक्षी है, उसका दूसरों के साथ संबंध नहीं हो सकता। हाँ, वह तो दूसरों को केवल प्रयोग कर सकता है, जिससे भ्रम और वैमनस्य की स्थिति पैदा होती है। यही उलझन और वैरभाव हमारे समाज में व्याप्त है। ये समाज में तब तक बने रहेंगे, जब तक अन्य के प्रति हमारी दृष्टि में मूलभूत क्रांति नहीं आ जाती।

—'ऑन रिलेशनशिप' में संकलित और 22 जनवरी, 1950 को कोलंबो में दिए गए भाषण से उद्धृत

भय से मुक्ति

यह बात महत्त्वपूर्ण नहीं है कि भय से किस प्रकार मुक्त हुआ जाए। वह तो व्यक्ति मंदिर या चर्च में चला जाए और स्वयं को भक्ति-भजन में लगा ले तो फिर भय को भुला दे, लेकिन जैसे ही व्यक्ति इससे बाहर आएगा तो भय किसी नुक्कड़ पर उसकी राह देखता हुआ उसे मिल जाएगा। भय का अवसान तभी हो पाता है, जब कोई भी व्यक्ति हर शह के साथ अपने-अपने संबंध की पहचान कर लेता है और ऐसी समझ तब तक नहीं आती, जब तक कि वह स्वयं को नहीं पहचान लेता। स्वयं की पहचान करने के

लिए कोई अधिक दूर नहीं जाना पड़ता, इसकी शुरुआत यहीं से और इसी क्षण से संभव है। संबंध वह दर्पण है, जिसमें कोई भी स्वयं को वैसा ही देख पाता है, जैसा वह है। अपने बारे में कोई भी कैसी भी गणना-परिगणना किए बिना, जैसा व्यक्ति स्वयं है, वैसा ही देखने में यदि व्यक्ति सक्षम है तो भय से मुक्ति मिल सकती है।

—'ऑन रिलेशनशिप' में संकलित और
9 मार्च, 1955 को बंबई में दिए गए भाषण से उद्धृत

यथार्थ एवं द्वंद्व की समझ

वह व्यक्ति, जो यथार्थ को ग्रहण करने की इच्छा रखता है, वह उसकी तलाश में यहाँ-वहाँ नहीं भटकता, बल्कि उस शाश्वत की आवाज को सुनता है, वह शाश्वत चाहे जो भी हो तो भी उसे संबंधों को अवश्य ही समझना होगा, क्योंकि संबंधों में ही द्वंद्व रचा-बसा है। द्वंद्व के कारण ही मनुष्य यथार्थ से वंचित रहता है अर्थात् द्वंद्व के कारण ही मन उलझा रहता है और इसी उलझन के कारण वह पलायन करना चाहता है। जब मन द्वंद्व को भली-भाँति समझ लेता है तो फिर वह यथार्थ को ग्रहण करने के योग्य बन जाता है। जब संबंधों को समझा नहीं जाता तो यथार्थ की तलाश ही पलायन की तलाश बन जाती है। अत: यथार्थ को समझे बिना कोई भी उसके पार नहीं जा सकता। भले ही कोई अपनी आँखें बंद कर ले या अर्थहीन छवियों की पूजा में लगा रहे, लेकिन यह पूजा, विश्वास या कर्मकांड, संबंधों में द्वंद्व को समझे बिना इन सबका कोई अर्थ नहीं है। अत: संबंधों में द्वंद्व को समझने का महत्त्व सर्वाधिक है और किसी बात का नहीं, क्योंकि इसी द्वंद्व में व्यक्ति मन की सभी प्रक्रिया को समझ सकता है।

—'ऑन रिलेशनशिप' में संकलित और 4 दिसंबर, 1949 को
राजमंडरी में दिए गए भाषण से उद्धृत

रिश्ते-एक दर्पण

हमारे पास आपसी रिश्ते ही एकमात्र दर्पण है, यह दर्पण ऐसा है, जो कभी भी गलत बयानबाजी नहीं करता और जिसमें हम स्वयं अपने विचारों को गतिविधि करते हुए हू-ब-हू देख सकते हैं।

—1 जनवरी, 1950 को कोलंबो में दिए गए भाषण से उद्धृत

★

एक स्थान से दूसरे स्थान तक जाने के लिए समय की आवश्यकता होती है। इसके अतिरिक्त किसी भी भाषा या तकनीक को सीखने के लिए समय की आवश्यकता होती है, लेकिन क्या मन को अपने रूपांतरण के लिए समय की आवश्यकता होती है? मन जब भी स्वयं को रूपांतरित करने के लिए समय को बीच में लाता है तो वह मापन की, विचार की और समय की परिधि में खड़ा होता है।

—'ऑन रिलेशनशिप' में संकलित और 25 जुलाई, 1974 को जानेन में दिए गए भाषण से उद्धृत

★

वैश्विक क्रांति

जब तक हमारी क्रियाओं का आधार अवधारणाएँ बनी रहेंगी, तब तक वैश्विक क्रांति का आना लगभग असंभव है। ऐसा इसलिए, क्योंकि इस अवस्था में हमारा प्रत्येक कार्य केवल एक ऐसी प्रतिक्रिया बनकर रह जाता है, जिसमें कार्य की अपेक्षा आदर्श कहीं अधिक महत्त्वपूर्ण बन जाता है।

—'ऑन रिलेशनशिप' में संकलित और 1 जनवरी, 1950 को कोलंबो में दिए गए भाषण से उद्धृत

★

आज विश्व को अनेक समस्याओं से दो-चार होना पड़ रहा है; जैसे जनसंख्या का आधिक्य, भुखमरी इत्यादि। लोग ऐसा क्यों नहीं करते कि वे मिलकर राष्ट्रवाद की समस्याओं को सुलझाएँ, बल्कि होता यह है कि जब अंतरराष्ट्रीय बनने का प्रयास करते हैं और राष्ट्रीयता से भी लगाव रखते हैं तो हम एक समस्या खड़ी कर लेते हैं और अधिकांश लोग यही क्रिया करते हैं।

—'ऑन रिलेशनशिप' में संकलित और 1 जनवरी, 1950 को कोलंबो में दिए गए भाषण से उद्धृत

व्यवस्था

यह समझना आवश्यक है कि व्यवस्था का गुणधर्म ही अनुशासन के निहितार्थ से बिल्कुल अलग होता है। अपने बारे में प्रत्यक्ष रूप से सीखने के परिणामस्वरूप ही व्यवस्था आती है, बल्कि किसी दार्शनिक या किसी मनोवैज्ञानिक के अनुसार सीखने से नहीं। जब हम दबाव के भाव से मुक्त होते हैं, किसी मार्ग से व्यवस्था उपलब्ध करने के दृढ प्रयास के भाव से मुक्त होते हैं, तब हमें स्वयं ही व्यवस्था का पता चल जाता है। यह व्यवस्था सहज ही अपने आप आ जाती है और उसी व्यवस्था में सही होना संभव होता है। अपने बारे में सीखना भी उसी व्यवस्था का हिस्सा है।

—'नेटवर्क ऑफ थॉट' में संकलित और 19 जुलाई, 1981 को जानेन में दिए गए भाषण से उद्धृत

जब तक समग्र व्यवस्था स्थापित नहीं हो जाती, तब तक ध्यान का कोई भी अर्थ नहीं होता है। यदि घर में व्यवस्था में नहीं है तो व्यक्ति यह आशा

करते हुए ध्यान की मुद्रा में बैठ जाएगा कि इस प्रकार ध्यान के परिणामस्वरूप व्यवस्था आ ही जाएगी।

—'नेटवर्क ऑफ थॉट' में संकलित और
23 जुलाई, 1981 को जानेन में दिए गए भाषण से उद्धृत

★

किसी भी व्यक्ति के घर में, जीवन में, संबंधों में और क्रियाकलापों में व्यवस्था का होना अत्यंत आवश्यक है।

—'नेटवर्क ऑफ थॉट' में संकलित और
26 जुलाई, 1981 को जानेन में दिए गए भाषण से उद्धृत

★

विचार

विचार मानव-जाति का समान लक्षण है। यदि व्यक्ति इस बात का स्वयं ही पता लगाए तो यह बहुत ही असाधारण बात होगी, क्योंकि तब उसे पता चलेगा कि विचार कभी भी आपका नहीं होता, वह तो केवल विचार ही होता है।

किसी विशाल धर्मागार या कैथेड्रल की सुंदरता के लिए विचार जिम्मेदार हैं और उस धर्मागार के भीतर जो अर्थहीन बातें घटित होती हैं, उनके लिए भी विचार ही जिम्मेदार है। महान् चित्रकारों की, कवियों की जो भी उपलब्धियाँ हैं, वे सब विचार की ही गतिविधि हैं। संपूर्ण विश्व के देवताओं के लिए और सभी गुरुओं के लिए भी विचार जिम्मेदार है। सभी आज्ञाकारिता और निष्ठा के लिए विचार जिम्मेदार है। अकेलेपन की चाह रखनेवालों के लिए भी विचार ही जिम्मेदार है।

मनुष्य की सहायता के लिए विचार ने कई हैरानी भरे कार्य किए हैं, लेकिन साथ ही विचार बहुत बड़े विध्वंस और आतंक का भी कारण बना है। इस विचार के स्वरूप को समझना होगा। विचार के कुछ विशिष्ट विचारों

से ही व्यक्ति क्यों चिपका रहता है और आज तक विचार मृत्यु की प्रकृति को क्यों नहीं समझ पाया है। अत: विचार की सभी संरचनाओं की जाँच करनी होगी।

हत्या, बर्बरता, आतंक, बमबारी, युद्ध और बिना किसी उद्देश्य के बंधक बनाना, इस सबके लिए विचार ही जिम्मेदार है। संपूर्ण तकनीकी विकास के लिए, सीखने और मानवीय चिंतन के परे निकल जाने की असाधारण क्षमता रखनेवाले कंप्यूटर के लिए भी विचार ही जिम्मेदार हैं।

—'नेटवर्क ऑफ थॉट' में संकलित और 12 जुलाई, 1981 को जानेन में दिए गए भाषण से उद्धृत

★

सभी आश्चर्यजनक वस्तुओं का निर्माण विचार ने ही किया है और वह भी कंप्यूटर की असाधारण तकनीक से लेकर दूरसंचार के साधनों तक तथा शल्य चिकित्सा से औषधिशास्त्र तक। धर्मों का आविष्कार भी विचार ने ही किया है।

अनिश्चितता, पीड़ा और चिंता तथा साथ ही गहरे पश्चात्ताप इत्यादि का बोझ सब विचार का ही अंश हैं। जिसे हम प्रेम कहते हैं, उसके लिए भी विचार ही जिम्मेदार हैं।

विभिन्न धर्मों की उत्पत्ति विचार के द्वारा हुई है और इनके बीच विभाजन भी उसी के कारण हुआ है तथा मनुष्य का मस्तिष्क विचार से उत्पन्न समस्याओं को सुलझाने का प्रयास करने के लिए प्रशिक्षित है। कोई भी व्यक्ति चाहे कुछ भी कर रहा हो, विचार उसके जीवन पर छाया रहता है। कोई भी कर्म घटित हो, उसके पीछे विचार ही होता है। गतिविधि बौद्धिक हो या ऐंद्रिक या फिर जैविक, सभी में विचार लगातार कार्यरत रहता है।

समय और अवकाश के मध्य घटित होनेवाली गतिविधि ही विचार है। स्मृति और विगत बातों का स्मरण ही विचार है। विचार जानकारी की क्रिया

है। यदि कोई अपनी विचार-क्रिया आदि को करेगा तो उसे पता चलेगा कि अनुभव और ज्ञान उसके जीवन के आधार हैं।

सीमित होने के कारण विचार समस्याएँ उत्पन्न करता है, जैसे राष्ट्रीय, आर्थिक और धार्मिक विभाजन की समस्याएँ। समस्याएँ उत्पन्न करने के पश्चात् विचार का कथन यह होता है कि मुझे इन समस्याओं को हल करना होगा। इस प्रकार विचार हमेशा समस्याओं के निराकरण में ही लगा रहता है।

—'नेटवर्क ऑफ थॉट' में संकलित और
14 जुलाई, 1981 को ज़ानेन में दिए गए भाषण से उद्धृत

★

जब कोई गिरजाघर में घुटनों के बल बैठता है और प्रार्थना करता है, तब वह विचार द्वारा निर्मित किसी चीज की ही उपासना कर रहा होता है। यहाँ यह देखने की आवश्यकता है कि यह क्या हो रहा है। वह विचार द्वारा ही निर्मित है। वास्तव में यह एक तथ्य है और व्यक्ति विचार की बनाई हुई उस चीज की उपासना कर रहा है और पूरी दुनिया में यही चल रहा है।

—'नेटवर्क ऑफ थॉट' में संकलित और
19 जुलाई, 1981 को जानेन में दिए गए भाषण से उद्धृत

★

अगर संबंधों के यथार्थ को समझना है तो विचार की संपूर्ण गतिविधि को समझना होगा, क्योंकि हम सभी विचार के सहारे ही जीवन व्यतीत करते हैं। दुनिया की सभी भव्य इमारतें, गिरजाघर, देवालय और मस्जिदें, सब-के-सब विचार की ही देन हैं।

अतीत में जो भी घटित हुआ है, विचार उसी की प्रतिक्रिया है और यह आशा के रूप में अपने आपको भविष्य में भी प्रक्षेपित करता है।

विचार की उत्पत्ति अनुभव एवं जानकारी से होती है और विचार के बारे में कुछ भी पावन नहीं है। विचार एक भौतिक और पदार्थगत प्रक्रिया

है। हम अपनी राजनीतिक, धार्मिक तथा आपसी संबंधों की समस्याओं को सुलझाने के लिए विचार पर ही निर्भर करते आए हैं।

मनोवैज्ञानिक रूप में विचार समस्या उत्पन्न करता है और अधिक सोच-विचार के माध्यम से उन समस्याओं को हल करने के लिए मन को प्रशिक्षित किया गया है। इस प्रकार विचार पहले तो समस्या पैदा करता है और फिर बाद में यही विचार उस समस्या को सुलझाने का प्रयास करता है।

—'नेटवर्क ऑफ थॉट' में संकलित और 19 सितंबर, 1981 को एम्सटर्डम में दिए गए भाषण से उद्धृत

विचार की प्रक्रिया

समय, पुरातन एवं ज्ञात—ये सभी विचार हैं। विचार कभी स्वतंत्र नहीं होता। यह स्मृति, अनुभव और ज्ञान का प्रत्युत्तर होता है, इसलिए यह सदैव पुराना होता है और समय से संबद्ध रहने के कारण यह समयातीत के प्रति अनिश्चित रहता है। अतः यह कहता है कि 'मैं' महत्त्वपूर्ण नहीं हूँ। यह 'मैं' तो नश्वर है। यह संस्कृति, समय, संयोग और परिवार आदि द्वारा संकलित एक स्वरूप है और इसने अपनी कुछ वैयक्तिक विशिष्टताएँ और प्रवृत्तियाँ भी विकसित कर ली हैं। यह सब विचार की ही प्रक्रिया है।

—'लिविंग एंड डाइंग' में संकलित और 27 जुलाई, 1972 को सानेन में दिए गए भाषण से उद्धृत

मृत्यु वह चीज है, जिससे हम परिचित नहीं हैं। यह एक प्रकार के विभाजन से बना हुआ है और यह इसलिए बना हुआ है, क्योंकि विचार ने जीवन को जीने, मरने, प्रेम और चीजों में विभाजित कर दिया है।

विचार ने ही कलाकार, व्यापारी, समाजवादी और राजनेता आदि के रूप में विभाजन किया हुआ है। विचार ने ही जीवन को ज्ञात और मृत्यु को अज्ञात मानकर इनका विभाजन कर दिया है।

—'लिविंग एंड डाइंग' में संकलित और 7 सितंबर, 1974 को ब्रॉकवुड पार्क में दिए गए भाषण से उद्धृत

★

'मैं' संसार हूँ और यह संसार 'मैं' है। मेरी चेतना संसार की चेतना है। मेरी चेतना की अंतर्वस्तु इस संसार की चेतना की अंतर्वस्तु है और यह अंतर्वस्तु विचार द्वारा एकत्र की गई है। मेरा नाम, मेरा परिवार, मेरा विश्वास और मेरे धर्म-सिद्धांत ये सब मेरी चेतना में हैं और यही संसार की चेतना भी है। जब तक कोई यह नहीं देख पाता, तब तक वह उस विषय में आगे नहीं बढ़ पाएगा, जिसकी वह तलाश कर रहा है। अतः इस चेतना का अंत हो जाता है, क्योंकि अवयवों का यह पुंज किसी रोग या घटना आदि के कारण ढह जाता है, बंद हो जाता है, मस्तिष्क का क्षरण हो जाता है और फिर वह नष्ट हो जाता है। इस प्रकार इस विचार-प्रक्रिया का भी अंत हो जाता है। वह विचार-प्रक्रिया, जिसने इस अहं की यानी 'मैं' की रचना की थी, उसका भी अंत हो जाता है।

जब मनुष्य मृत्यु को प्राप्त होता है, तब उसका शरीर भी नष्ट हो जाता है। ऐसे में मनुष्य की चेतना की वह सारी अंतर्वस्तु निरंतर नहीं बनी रह सकती, क्योंकि वह तो विचार-प्रक्रिया थी।

—'लिविंग एंड डाइंग' में संकलित और 30 जुलाई, 1976 को सानेन में दिए गए भाषण से उद्धृत

★

यदि कोई विचार-प्रक्रिया की गंभीरता से जाँच-पड़ताल करता है तो वह पूरी तरह से भिन्न आयाम में प्रवेश करता है। उसे विचार की इस

विस्मयकारी गति को और इसकी प्रकृति को समझना होगा तथा किसी दार्शनिक, किसी धार्मिक मनुष्य या किसी गृहणी की दृष्टि से नहीं, बल्कि उसे विचार-प्रक्रिया की प्रचंड जीवंतता को समझने की आवश्यकता है।

—'नेटवर्क ऑफ थॉट' में संकलित और
12 जुलाई, 1981 को जानेन में दिए गए भाषण से उद्धृत

★

विश्वास

जिन लोगों का पूर्वजन्म में विश्वास है, उनके लिए यह महत्त्वपूर्ण होना चाहिए कि वे इस जन्म में क्या हैं। उनका अगला जन्म इसी बात पर निर्भर करनेवाला है कि वे इस जन्म में क्या कर रहे हैं, उनका व्यवहार कैसा है और उनके क्या विचार हैं। इस सबके अनुसार उन्हें दंडित या पुरस्कृत किया जाना है, लेकिन उन्हें इस बात की जरा सी भी परवाह नहीं होती कि उनका व्यवहार कैसा है। उनके लिए तो यह एक विश्वास है।

—'लिविंग एंड डाइंग' में संकलित और
20 मार्च, 1969 को लंदन में दिए गए भाषण से उद्धृत

★

संपूर्ण विश्व में मनुष्य किसी-न-किसी चीज में विश्वास करता आया है—ईश्वर में, आदर्श राज्य में, ईसा में और बुद्ध में। अतः विश्वास करना मनुष्य की आदत रही है। इस विश्वास की उत्पत्ति विचार द्वारा होती है, जो एक भौतिक प्रक्रिया है। क्या कोई उस विश्वास का उस तरह से अंत कर सकता है, जैसा कि वह मरते समय करता है? किसी भी चीज में अपने विश्वास का इसी पल खात्मा कर दीजिए और फिर देखिए कि क्या होता है।

जिसका उत्तर व्यक्ति अपने मरने से पहले प्राप्त करना चाहता है, उसी उत्तर के लिए वह ही नहीं, बल्कि हम सभी लालायित रहते हैं। यदि वह

उत्तर उसे बता दिया जाए और फिर यह बात अलग हो जाए तो फिर सभी उसमें विश्वास करने लगेंगे। फिर यह बात गली-गली के लिए आम हो जाएगी, यानी कि यह एक मामूली सी बात हो जाएगी। फिर यह एक विश्वास बन जाएगा और हम सभी इससे बहुत खुश हो जाएँगे।

—'लिविंग एंड डाइंग' में संकलित और
30 जुलाई, 1976 को सानेन में हुई वार्त्तालाप से उद्धृत

वर्तमान

वर्तमान वह शब्द है, जिसमें बीता हुआ कल, आनेवाला कल या आज शामिल होता है। गतिशील वर्तमान हमेशा वर्तमान ही रहता है। उसका न तो कोई बीता हुआ कल होता है और न ही कोई आनेवाला कल होता है।

—'लिविंग एंड डाइंग' में संकलित और
6 नवंबर, 1963 को नई दिल्ली में दिए गए भाषण से उद्धृत

विशुद्धता

किसी लक्ष्य या किसी प्रयोजन के बिना की गई एक विस्मयकारी अद्‌भुत घटना होती है। यह एक ऐसा महाविस्फोट ही नहीं है, जो विशुद्ध कर देता है, बल्कि वह मृत्यु भी है, जिसमें कोई आनेवाला नहीं होता। इसकी विशुद्धता सबकुछ नष्ट कर देती है और कहीं कोई ऐसा अस्तित्व ही नहीं रह जाता, जहाँ विचार अपनी ही परछाईं में छिप सके। इसकी विशुद्धता उन्मुक्त रहती है। विशुद्धता कोई ऐसा गुण नहीं होती, जो प्रतिरोध के कारण अस्तित्व में आई हो।

—'लिविंग एंड डाइंग' में संकलित और
23-31 अगस्त, 1964 को गस्टाड में दिए गए भाषण से उद्धृत

विशेषज्ञता

हम सभी लोग विशेषज्ञतावाले समाज में रह रहे हैं, यानी भौतिक विज्ञानी, इंजीनियर और शल्य-चिकित्सक और विशिष्ट विश्वासों एवं धर्म सिद्धांतों की विशेषताएँ भी हैं।

—'नेटवर्क ऑफ थॉट' में संकलित और
21 जुलाई, 1981 को जानेन में दिए गए भाषण से उद्धृत

★

वैश्विक समस्या

स्वयं को समझना ही समस्या को समझना है। संसार को समझने की शुरुआत स्वयं को समझने से ही होती है। संसार में कोई समस्या नहीं है, बल्कि आप हैं। दूसरों के साथ अपने संबंधों में जो समस्या बन जाते हैं, जिससे वह समस्या ही फैलते-फैलते वैश्विक समस्या का रूप धारण कर लेती है।

—'ऑन रिलेशनशिप' में संकलित और
25 दिसंबर, 1949 को कोलंबो में दिए गए भाषण से उद्धृत

★

संबंध हमारे दैनिक जीवन की चुनौती है। अगर मुझे, आपको यह नहीं पता कि हम एक-दूसरे से किस प्रकार जुड़े हुए हैं तो निश्चय ही हम ऐसे हालात पैदा कर रहे हैं कि युद्ध पैदा होने की संभावना प्रबल हो जाती है। अतः वैश्विक समस्या आप की समस्या है।

—'ऑन रिलेशनशिप' में संकलित और
22 जनवरी, 1950 को कोलंबो में दिए गए भाषण से उद्धृत

★

शरीर

हम सभी यह जानते हैं कि यह भौतिक शरीर काम में आते-जाते

विभिन्न दबावों, द्वंद्वों, चाहतों और दु:खों के चलते जर्जर होता चला जाता है। अधिकांश लोगों को यह अच्छा लगेगा कि यदि यह शरीर डेढ़ सौ वर्ष या और अधिक चले और वैज्ञानिक या चिकित्सक कभी शायद कोई ऐसी विधि की खोज कर लें, जिससे हमारा यह जीवन-मरण का संघर्ष और भी अधिक लंबा चलने योग्य हो जाए। फिर भी आज नहीं तो कल शरीर को मरना अवश्य है।

—'लिविंग एंड डाइंग' में संकलित और
21 जुलाई, 1963 को सानेन में हुई वार्त्तालाप से उद्धृत

★

शरीर को लगातार चल रहे विपरीत संघर्ष से गुजरना पड़ता है। शरीर को संतुलित एवं समन्वित जीवन प्राप्त नहीं होता। इसके बाद शरीर को विचार के लादे गए भारी तनाव से भी गुजरना पड़ता है। शरीर को अपने अनुसार चलाते हुए, उस पर अपनी बात थोपते हुए लोग कार्य कर रहे हैं। हो सकता है शरीर कई वर्षों तक यह सब सहन करता रहे।

—'नेटवर्क ऑफ थॉट' में संकलित और
23 जुलाई, 1981 को जानेन में दिए गए
भाषण से उद्धृत

★

शांति

हम शांति वस्तुत: नहीं, बल्कि सैद्धांतिक रूप में चाहते हैं। हम केवल शाब्दिक तल पर ही शांति चाहते हैं, जोकि विचार का ही तल है और हम बड़े गर्व से इसे बौद्धिक धरातल का नाम दे देते हैं, लेकिन 'शांति' शब्द तो शांति नहीं होता। जब आपके व अन्य के द्वारा निर्मित भ्रमों का अंत हो जाएगा, तभी शांति संभव होगी। हम शांति में नहीं, बल्कि अपनी धारणाओं

के संसार में आसक्त रहते हैं। हम शांति की नहीं, बल्कि नई-नई सामाजिक एवं राजनीतिक परिपाटियों की तलाश में रहते हैं।

—'ऑन रिलेशनशिप' में संकलित और 22 जनवरी, 1950 को कोलंबो में रेडियोवार्त्ता से उद्धृत

★

हम अभी तक यह देखते आ रहे हैं कि किसी भी तरह की क्रांति विश्व में शांति लाने में सफल नहीं हुई है, यहाँ तक कि साम्यवादी आंदोलन से भी लोगों का बहुत बड़ा हित नहीं हुआ और न ही किसी प्रकार के संगठित धर्म के द्वारा लोगों को शांति प्राप्त हो सकी है। संभवतया संगठित धर्म लोगों को शांति का भ्रम मात्र तो दे सकते हैं, किंतु लोगों को जिस तरह की शांति की अपेक्षा है, वैसी वास्तविक शांति प्रदान करने में वे असफल सिद्ध हुए हैं।

—10 जनवरी, 1954 को बनारस हिंदू विश्वविद्यालय वाराणसी के विद्यार्थियों से वार्त्तालाप करते हुए

★

शांति की स्थापना का कार्य

मानव-जाति ने हजारों युद्ध झेले हैं और शांति की स्थापना का कार्य राजनेताओं को सौंप दिया गया है। पूरी दुनिया में यही स्थिति व्याप्त है, लेकिन गौर से देखने पर पता चलता है कि जो कुछ भी ये राजनेता कर रहे हैं, उससे कभी भी शांति की स्थापना नहीं होनेवाली। सभी युद्ध की तैयारियों में लगे हुए हैं और इन तैयारियों के कारण विश्व में कहीं-न-कहीं विस्फोट जरूर होगा। कोई भी एक-दूसरे के साथ शांतिपूर्वक कभी नहीं रह पाया है। हर कोई शांति के बारे में खूब बात कर लेता है और सभी धर्मों ने शांति का ही संदेश दिया है, लेकिन फिर भी यह साफ दिखाई देता है कि धरती

पर शांति की स्थापना नहीं हो पाई है।

—'नेटवर्क ऑफ थॉट' में संकलित और 23 जुलाई, 1981 को जानेन में दिए गए भाषण से उद्धृत

शिक्षा का अर्थ

क्या आप इस बात को जानते हैं कि आपको शिक्षा क्यों दी जा रही है और इस प्रकार दी जानेवाली शिक्षा का क्या अर्थ है? विद्यार्थी जीवन की अपनी समझ में शिक्षा का अर्थ है—स्कूल जाना, पढ़ना और लिखना सीखना, परीक्षाएँ पास करना और खेल आदि में भाग लेना। विद्यालयी शिक्षा पूर्ण करने के पश्चात् आप कॉलेज जाते हैं। वहाँ महीनों-बरसों तक कठिन परिश्रम करके परीक्षाएँ पास करते हैं और कोई छोटी-मोटी नौकरी करने लगते हैं। इसके बाद जो भी आपने पढ़ा-सीखा, उसे भूल जाते हैं। क्या हम इसी को शिक्षा नहीं कहते हैं?

क्या शिक्षा का अर्थ यह नहीं है कि वह आपको सभी समस्याओं का सामना करने के लिए समर्थ बनाए? सभी समस्याओं का यथोचित ढंग से सामना करने के लिए आपको शिक्षित करना आवश्यक है, यही शिक्षा है। कुछ परीक्षाएँ पास करना अथवा उन नीरस विषयों का अध्ययन करना, जिनमें आपको बिल्कुल रुचि नहीं है, वह शिक्षा नहीं। वही सम्यक् शिक्षा है, जो जीवन-संघर्ष में विद्यार्थी की सहायता करे, जिससे कि वह जीवन को भली प्रकार समझ सके, उससे पराजित न हो जाए, उसके बोझ तले दबा हुआ न महसूस करे, जैसा कि प्राय: लोगों के साथ होता है। लोग, विचार, राष्ट्र, जलवायु, भोजन और जनमत आदि आपको उस ओर धकेल रहे हैं, जहाँ समाज आपको देखने का इच्छुक है। आपकी शिक्षा इस प्रकार की हो कि वह आपको यह दबाव सहने और समझने में सक्षम बना सके। इसे उचित परंपरागत ढंग से मात्र विचार करते ही न रह जाएँ, वरन् एक मनुष्य होने के नाते आगे बढ़कर कुछ नया करने में भी सक्षम हो सकें—यही वास्तविक शिक्षा है।

प्राय: लोगों के लिए शिक्षा का अर्थ यह सीखना–समझना होता है कि हम क्या सोचें। आपका समाज, आपके माता-पिता, पड़ोसी, शिक्षक और आपकी किताब आदि बताते हैं कि आपको सोचना चाहिए। इस 'क्या सोचना चाहिए' की यांत्रिक प्रणाली को ही हम शिक्षा कहते हैं, किंतु इस प्रकार की शिक्षा आपको यंत्रवत्, संवेदनहीन, मंदबुद्धि और सृजनहीन बनाती है।

वास्तव में शिक्षा का अर्थ मात्र कुछ परीक्षाएँ पास कर लेना ही नहीं है, वरन् सभी समस्याओं पर विचार करने योग्य होना भी है, जिससे कि आपका मन यांत्रित और परंपराबद्ध न होकर सृजनशील हो, आप केवल समाज के अनुकूल होने में ही न लगे रहें, वरन् उसे खंडित करके नवीन वस्तुस्थिति का सृजन कर सकें—समाजवादी, साम्यवादी अथवा कांग्रेसवादी विचारधाराओं के अनुसार किसी नई वस्तुस्थिति का नहीं, वरन् एक नितांत नवीनतम वस्तुस्थिति का, वास्तव में यही क्रांति है। आखिरकार शिक्षा का अर्थ यही है कि स्वतंत्रतापूर्वक बिना रोक-टोक आपका विकास हो सके, जिससे कि एक नवीन विश्व के सृजन की संभावना साकार हो सके।

यह समझना अत्यंत महत्त्वपूर्ण है कि 'शिक्षा' से हमारा क्या तात्पर्य है। हम शिक्षा के आदर्शों की बात नहीं करते, क्योंकि इस प्रकार के आदर्श महज बकवास हैं। हम जैसे हैं, हमें वहीं से शुरुआत करनी होगी, वहीं से चीजों को समझना होगा और वहीं से, उसी आधार पर निर्माण करना होगा। आपके पास स्वयंभू उद्यान अथवा विद्यालय नहीं होता है। भूमि जिस प्रकार की है, उसे उसी रूप में ग्रहण करके उसमें उर्वरक डालते हैं, सिंचाई करते हैं, तब कुछ भी नहीं से 'कुछ' आता है। वास्तव में जहाँ कुछ नहीं है, वहाँ कुछ उत्पन्न करना ही होगा, मिल-जुलकर निर्माण करना होगा।

—4 जनवरी, 1954 को राजघाट बीसेंट स्कूल, वाराणसी के विद्यार्थियों से वार्त्तालाप करते हुए

बड़े अधिकारी, विद्वान् हमें बताते हैं कि शिक्षा क्या है या क्या नहीं है अथवा क्या होनी चाहिए, किंतु इस तरह के अधिकारी विद्वान् अन्य विशेषज्ञों की तरह ही शिक्षा का वास्तविक अर्थ नहीं जानते हैं। उनका अपना एक अलग विशेष दृष्टिकोण होता है, इसी कारण उसमें समग्रता नहीं होती है। मुझे ऐसा लगता है कि इस संबंध में सभी विशेषज्ञों और शिक्षाशास्त्रियों की मान्यताओं को दूर हटाकर हमें 'शिक्षा का अर्थ क्या है, शिक्षा क्यों दी जाती है और शिक्षा किस स्तर की हो', इन सभी तथ्यों का पता लगाना अत्यंत आवश्यक है।

—10 जनवरी, 1954 को
बनारस हिंदू विश्वविद्यालय, वाराणसी के विद्यार्थियों से
वार्त्तालाप करते हुए

★

शिक्षा का उद्‌देश्य

शिक्षा का उद्‌देश्य क्या है और हम किसलिए जी रहे हैं, इस बारे में अनेक प्रकार की बातें हैं, पुस्तकें हैं, अनेक प्रकार के दार्शनिक सिद्धांतों और पद्धतियों का आविष्कार हुआ और अनेक लोगों ने इस पर विचार किया है, परंतु यह पूर्ण रूप से स्पष्ट है कि नई और पुरानी हर शिक्षा पद्धति असफल हो चुकी है। इसका कारण यह है कि किसी भी शिक्षा पद्धति ने विश्व में लोगों को न तो मानसिक शांति, तुष्टि प्रदान की है और न ही उनका गहन सांस्कृतिक उत्थान किया है।

★

स्थायी

एक सवाल है कि क्या कुछ ऐसा है, जो स्थायी हो? अगर कोई इस बारे में गंभीर है तो उसे पता चलेगा कि यह सवाल आसान नहीं है और पता लगाना बहुत मुश्किल है कि उस मन की क्या अवस्था होती है, जिसे यह

पता चल गया है कि यहाँ कुछ भी स्थायी नहीं है।

—'ऑन रिलेशनशिप' में संकलित और 25 जुलाई, 1974 को जानेन में दिए गए भाषण से उद्धृत

स्थायित्व

हम सभी में स्थायित्व पाने की इच्छा रहती है—मेरा स्थायी नाम, स्थायी घर, स्थायी रूप, स्थायी स्मृतियाँ और आसक्तियाँ, हम सबकुछ स्थायी पाने की इच्छा रखते हैं। प्रत्येक आश्वस्ति स्थायित्व पर ही आधारित है।

—'लिविंग एंड डाइंग' में संकलित और 30 जुलाई, 1976 को सानेन में हुए वार्त्तालाप से उद्धृत

स्वयं को जानना-समझना ही प्रज्ञा का आरंभ है। स्वयं संबंधी यह ज्ञान किसी भी ग्रंथ से नहीं मिलता, बल्कि इसे व्यक्ति अपनी पत्नी, अपने पति, अपने बच्चों, एक बस के कंडक्टर के साथ अपने दैनिक संबंधों को देख-समझकर ही प्राप्त कर सकते हैं।

—'ऑन रिलेशनशिप' में संकलित और 13 जनवरी, 1957 को कोलंबो में दिए गए भाषण से उद्धृत

अगर हमारे विचार संस्कारों की पृष्ठभूमि पर आधारित हैं तो हम जो भी विचार करेंगे, वह स्पष्ट रूप से द्वंद्व की आग में घी डालने वाली एक प्रतिक्रिया होगी। सम्यक् विचारधारा की खोजबीन करने से पहले हमारे लिए यह जानना आवश्यक है कि स्वबोध क्या है। स्व का ज्ञान निश्चय ही किसी प्रकार के चिंतन को सीखना नहीं है और न ही यह किन्हीं विचारों, विश्वासों या निष्कर्षों पर आधारित होता है। इसका जीवंत होना अत्यंत

आवश्यक है, अन्यथा यह स्वबोध नहीं रहता, बल्कि केवल सूचना भर ही रह जाएगा।

—1 जनवरी, 1950 को कोलंबो में दिए गए भाषण से उद्धृत

स्वबोध

प्रज्ञा का आरंभ स्वबोध से है। स्वबोध के बिना आप अधिक आगे नहीं बढ़ सकते। सत्य या ईश्वर, आप उसे चाहे जिस भी नाम से पुकारते हों, उसकी खोजबीन करना अहंजनित तुष्टि से अधिक कुछ भी नहीं है। अतः आपको आरंभ निकटता से करना होगा। इसके लिए आपको अपने प्रत्येक शब्द को परखना होगा, आप जैसे खाते-पीते हैं और बोलते एवं कामकाज करते हैं, की भी अच्छी परख करनी होगी।

स्वयं को किसी ऊँचे सिंहासन पर स्थापित करने को स्वबोध नहीं कहते हैं, बल्कि यह तो दैनिक व्यवहार के क्षण-प्रतिक्षण में स्थित है, जो कि कर्म है और संबंध है। इस स्वबोध के अभाव में कोई सम्यक् विचारधारा फलीभूत नहीं होती। अतः यदि आप स्वयं को ही नहीं जानते तो फिर आपके पास सही सोच-समझ का कोई आधार ही नहीं रह जाता।

—'ऑन रिलेशनशिप' में संकलित और 4 दिसंबर, 1949 को राजमंडरी में दिए गए भाषण से उद्धृत

संकल्प

भय के कारण ही संकल्प का जन्म होता है। जहाँ महत्त्वाकांक्षा होती है, वहाँ यह संकल्प अपना लक्ष्य प्राप्त करने के लिए बड़ी निर्ममता उपयोग में लाता है। तुष्टि की वह तृष्णा, जिसे व्यक्ति बुझाने की बहुत कोशिश

करता है, वह बनी रहती है यानी अतृप्ति अपने ही संकल्प को जन्म देती है। व्यक्ति या तो तृप्ति-संतुष्टि को बनाए रखना चाहता है या फिर उसे बढ़ाए रखना चाहता है और इस तरह संतुष्टि का संकल्प अपना वजूद (अस्तित्व) बनाए रखता है।

★

सच क्या है?

विश्वास और मत-सिद्धांत से मनोवैज्ञानिक सुरक्षा मिलती है। हम देख रहे हैं कि संसार एक भारी अव्यवस्था का शिकार बना हुआ है। चारों ओर शोर-शराबा है, गड़बड़ी है और इसी कारण हम ऐसा कुछ चाहने लगते हैं कि जो स्थायी हो। अत: इस चाहत के चलते हम किसी विश्वास, किसी आदर्श या मनोवैज्ञानिक सुरक्षा के किसी व्यवस्था से चिपक जाते हैं और यही प्रवृत्ति हमें यह ढूँढ़ने से वंचित कर देती है कि आखिर सच क्या है।

किसी भी नई चीज का अन्वेषण करने के लिए हमें उस तक ऐसे सरल मन के साथ चलना होगा, जो ताजगी से पूर्ण हो और समाज द्वारा दूषित न किया गया हो। यह समाज तो ईर्ष्या, द्वेष, लोभ और प्रतिष्ठा का जाल है। अत: सच क्या है, यह जानने के लिए इस संपूर्ण प्रपंच के प्रति मरना होगा।

—'लिविंग एंड डाइंग' में संकलित और
12 जून, 1962 को लंदन में दिए गए
भाषण से उद्धृत

★

विनम्रता के साथ-साथ तपस्विता की आवश्यकता होती है और इसी स्तर पर हम परस्पर चर्चा करते रहते हैं। आप वक्ता से कुछ सीखने नहीं जाते और यदि आप ऐसा करते हैं तो तब वह वक्ता एक मान्यता प्राप्त व्यक्ति बन जाएगा और तब आप वह अवलोकनकर्ता नहीं रहेंगे, जिसमें सच क्या

है, यह जानने के लिए और जो सच नहीं है, उसे हटा देने के लिए गंभीर जिज्ञासा है। उस क्षण तो आप केवल एक अनुयायी बनकर ही रह जाएँगे और कोई भी अनुयायी यह नहीं जान पाता कि सच क्या है।

—'लिविंग एंड डाइंग' में संकलित और 6 नवंबर, 1963 को नई दिल्ली में दिए गए भाषण से उद्धृत

★

सत्य का ज्ञान

सत्य से परिचित नहीं हुआ जा सकता है और जिससे परिचित हुआ जा सकता है, वह अतीत की वस्तु बन जाता है अर्थात् मृत हो जाता है। सत्य तो जीवित रहता है। वह अचल नहीं रहता है, इसीलिए सत्य को नहीं जाना जा सकता। सत्य तो अविराम गति से विचरण करता है, उसका कोई घर नहीं होता। तभी तो जो मन किसी विश्वास के, किसी ज्ञान के या फिर किसी विशेष संस्कार के खूँटे से बँधा रहता है, वह यह समझने में अक्षम रहता है कि सत्य क्या है।

—13 जनवरी, 1917 को कोलंबो में दिए गए भाषण से उद्धृत

★

अगर हमें यह नहीं मालूम कि लोगों के साथ, संपत्ति के साथ और विचारों के साथ हमारे संबंध कैसे हैं तो फिर निश्चित रूप से हमारे संबंध द्वंद्व को ही जन्म देंगे। आज हमारे लिए यह एक बड़ी समस्या है—न केवल दो व्यक्तियों के बीच का संबंध, बल्कि दो समूहों या दो देशों या दो विचारधाराओं के बीच का संबंध। अतः यह महत्त्वपूर्ण है कि आप अपनी पत्नी, पति और पड़ोसी के साथ अपने संबंधों को आधारभूत रूप से समझें,

क्योंकि संबंध ही वह द्वार है, जिसमें प्रवेश करके आप स्वयं की खोज कर सकते हैं।

—'ऑन रिलेशनशिप' में संकलित और 16 जनवरी, 1950 को कोलंबो में दिए गए भाषण से उद्धृत

सद्‌गुण

सद्‌गुण का विकास समय की परिधि में नहीं होता। यह तो उस फूल की तरह है, जो अपने आप ही अस्तित्व में आता है। सद्‌गुण को तलाशने या उपजाने की कोई आवश्यकता नहीं पड़ती और यदि कोई ऐसा कुछ करने का प्रयास करता भी है तो वह सद्‌गुण नहीं होता।

—'लिविंग एंड डाइंग' में संकलित और 6 नवंबर, 1963 को नई दिल्ली में दिए गए भाषण से उद्धृत

संक्रांति काल

अगर हम अपनी चेतना की प्रकृति को समझ लेते हैं, देख लेते हैं कि यह चेतना किस प्रकार ज्ञान, कर्म और विभाजन के इस अविरत चक्र में कार्यरत है और एक ऐसी चेतना, जिसे हजारों वर्षों से बनाए रखा गया है। अगर हम इस सच को देख लेते हैं, समझ लेते हैं कि यह सब पूर्वग्रह का ही एक रूप है, तो इस पुराने ढाँचे में एक नए तत्त्व का समावेश करते है। इसका अर्थ यह है कि आप जो उसी चेतना के अंतर्गत हैं, जो समस्त मनुष्य जाति की चेतना है, आज्ञाकारिता और स्वीकारिता के उस पुराने ढाँचे से अलग हट पाते हैं। बस, यही जीवन का संक्रांति काल होता है।

—'नेटवर्क ऑफ थॉट' में संकलित और 14 जुलाई, 1981 को जानेन में दिए गए भाषण से उद्धृत

सत्ता

प्रत्येक व्यक्ति सत्ता की जुगत में लगा हुआ है और यह बात बिल्कुल साफ है कि इस सत्ता की चाहत से वह ऐसे समाज की रचना करेगा, जो सैन्य औद्योगिक या आर्थिक ऐसी शक्तियों पर आधारित होगा। क्या सत्ता की चाहत स्वाभाविक रूप से अलग करनेवाली नहीं है ? मेरे विचार से यह समझना बहुत आवश्यक है, क्योंकि जो व्यक्ति शांतिपूर्ण संसार की इच्छा रखता है यानी एक ऐसा संसार, जिसमें कोई भी युद्ध न हो और कोई अनर्थकारी दु:ख न हो तो उसे मूलभूत प्रश्न को अवश्य ही समझना होगा। जब तक व्यक्ति सत्ता की तलाश में रहेगा, वह भले ही कितनी ही बड़ी या तुच्छ हो, वह प्रधानमंत्री या वकील बनने की ही अर्थात् जब तक दूसरे पर हावी होने के भाव की एवं प्रभाव द्वारा दूसरों पर छाने की चाहत उसमें बनी रहेगी, तब तक वह ऐसे समाज के निर्माण में लगा रहेगा, जो अलगावकारी क्रिया की उपज होगा, क्योंकि सत्ता अपने स्वभाव से ही अलग करनेवाली है।

—'ऑन रिलेशनशिप' में संकलित और
15 अगस्त, 1948 को बंगलौर में दिए गए भाषण से उद्धृत

संपर्क

संपर्क से मेरा तात्पर्य है कि मैं यह मेज छू सकता हूँ तो मेज के संपर्क में हूँ, लेकिन इस बात को लेकर कि मेज को कैसे छुआ जाना चाहिए, के बारे में मेरी अपनी धारणाएँ हैं तो मैं मेज के सीधे संपर्क में नहीं हूँ। इस प्रकार धारणा मुझे सीधे-सीधे तत्क्षण और सघन संपर्क में आने से रोकती है।

—'लिविंग एंड डाइंग' में संकलित और
24 फरवरी, 1965 को मुंबई में दिए गए
भाषण से उद्धृत

संबंध का तात्पर्य सम्मिलन से है। जब लोग धारणाओं एवं विचारों में विभाजित हों, तब यह सम्मिलन संबंध नहीं। कोई विश्वास अपने इर्द-गिर्द लोगों का एक समूह एकत्र कर सकता है। ऐसा समूह प्रत्येक स्थिति में विरोध को पैदा करता है और वह विरोध किसी भिन्न विश्वास को लेकर एक अन्य समूह बना लेता है।

★

संबंधों का अवलोकन

यदि हम अपने जीवन में झाँककर देखें और संबंधों का अवलोकन करें तो पता चलता है कि ये एक-दूसरे के विरुद्ध प्रतिरोध खड़े करने के एक गोरखधंधे से अधिक कुछ नहीं है। यह तो एक दीवार खड़ी कर लेने के समान है, जिसके ऊपर से देखा व परखा जाता है। उस दीवार को हम सहेजते रहते हैं और उसके पीछे छिपे रहते हैं, फिर चाहे भौतिक दीवार हो, मनोवैज्ञानिक दीवार हो या भौतिक दीवार हो। जब तक किसी दीवार के पीछे छिपे-छिपे एक अलगाववाला जीवन व्यतीत करते हैं, तब तक हम दूसरों के साथ संबंध स्थापित नहीं कर पाते।

—'ऑन रिलेशनशिप' में संकलित और
15 अगस्त, 1948 को बंगलौर में दिए गए भाषण से उद्धृत

★

संबंधों का द्वंद्व

संबंधों में द्वंद्व को समझना जितना महत्त्वपूर्ण है, उतना कुछ और नहीं है। इसका कारण स्पष्ट है कि इसी द्वंद्व से हम उस संसार की रचना करते हैं, जिसमें हम दुःख, दरिद्रता और कुरूपता से पूर्ण सांसारिक जीवन व्यतीत करते हैं। संबंध जीवन के प्रवाह का प्रतिकर्म और प्रत्युत्तर दोनों ही है। जीवन कभी

न समाप्त होनेवाली चुनौती है। प्रत्युत्तर जब अपर्याप्त रहता है और सटीक नहीं होता, तब द्वंद्व खड़ा हो जाता है।

—'ऑन रिलेशनशिप' में संकलित और 14 दिसंबर, 1949 को दिए गए राजमंडरी में भाषण से उद्धृत

जिस समाज की संरचना केवल आवश्यकता पर टिकी हो और फिर भले ही वह भौतिक या मनोवैज्ञानिक हो, उस समाज में निश्चित रूप से उलझन और दु:ख ही पनपते हैं। दूसरों के साथ संबंधों में आपका प्रक्षेपण ही समाज है। जब आप अपनी शारीरिक या मनोवैज्ञानिक आवश्यकता के लिए किसी का प्रयोग करते हैं, तब वास्तव में कोई संबंध नहीं बन पाता और फिर न ही आपका दूसरे से कोई संपर्क रह पाता। अत: यह आवश्यक है कि आप अपने दैनिक जीवन में संबंधों को महत्त्व दें।

—'ऑन रिलेशनशिप' में संकलित और 22 जनवरी, 1950 को कोलंबो में हुई रेडियोवार्त्ता से उद्धृत

संबंधों का महत्त्व

संबंधों में जीवन व्यतीत करना ही जीवन का वास्तविक अर्थ है अन्यथा व्यक्ति का अस्तित्व है ही क्या ? कोई भी व्यक्ति सर्वथा विलग रहकर जीवन व्यतीत नहीं कर सकता। वह अपने परिवार से, सहकर्मियों से और मित्रों से संबंध अवश्य ही रखेगा। यदि वह विरक्त होकर पर्वत पर जाकर रहने लगे तो भी उसका संबंध उस व्यक्ति से तो रहेगा ही, जो उसके लिए भोजन-पानी की व्यवस्था करता है। यही नहीं, उसका संबंध उस अवधारणा से भी होता है, जो उसने बनाई हुई है।

—'ऑन रिलेशनशिप' में संकलित और 14 दिसंबर, 1949 को राजमंडरी में दिए गए भाषण से उद्धृत

संबंधों का स्वरूप

हमारा जीवन संबंधों की गतिविध से ही बना है। कोई भले ही समझ बैठे कि वह अकेले जी रहा है, लेकिन वास्तव में वह हमेशा किसी-न-किसी चीज से जुड़ा होता है या तो अतीत के साथ या फिर भविष्य में प्रक्षेपित किसी प्रतिमा के साथ। संबंधों की गतिविधि ही जीवन है और उस संबंध में अव्यवस्था बनी हुई है। अतः इस बात की जाँच-पड़ताल करने की आवश्यकता है कि हम संबंधों की ऐसी दुर्व्यवस्था में क्यों जी रहे हैं?

हमें उन संबंधों को बड़े करीब से देखना होगा, जो पत्नी के साथ, पति के साथ या मित्र के साथ हैं और इन संबंधों का बड़ी बारीकी से अवलोकन करना होगा।

—'नेटवर्क ऑफ थॉट' में संकलित और
19 जुलाई, 1981 को जानेन में दिए गए भाषण से उद्धृत

★

संबंधों की जटिलता

गंभीरता एवं विचारपूर्ण धैर्य के आधार पर ही संबंधों की जटिलता को समझा जा सकता है। संबंध स्व-उद्घाटन और अपने मन की परतें खोलने की एक ऐसी प्रक्रिया है, जिसमें मनुष्य अपने दुःख के दिए हुए कारणों से परदा हटा पाते हैं। अपने मन की परतों को खोलकर देख पाना केवल संबंधों के कारण ही संभव है।

—'ऑन रिलेशनशिप' में संकलित और
16 जून, 1940 को ओहाय में दिए गए भाषण से उद्धृत

★

संबंधों की समझ : एक समस्या

यह समझना बहुत आवश्यक है कि अलग-थलग रहकर नहीं रहा जा

सकता। कोई भी व्यक्ति चाहे वैरागी या संन्यासी बन जाए, एकांतवासी बन जाए या फिर वह स्वयं को विश्वास की चारदीवारी में कैद कर ले, फिर भी वह बिल्कुल अलग-थलग रहकर नहीं रह सकता। फिर भी मन में मेरा पति, मेरी पत्नी, मेरी संपत्ति और मेरा अनुभव जैसे बंद खतरों में अपने आपको बंद करने में लगा रहता है। यह वास्तव में अपनी सीमा से दूसरों को बाहर निकालने की एक प्रक्रिया है। अत: संबंधों को समझना ही व्यक्ति की एक बड़ी समस्या है।

—'ऑन रिलेशनशिप' में संकलित और 9 मार्च, 1955 को बंबई में दिए गए भाषण से उद्धृत

संबंधों में मनमुटाव का कारण

संबंधों में उपजनेवाले मनमुटाव का कारण हम अपने आप ही हैं। संयुक्त लालसाओं का जो केंद्र है, वह हमारा अहं ही तो है। यदि हम यह बात स्पष्ट रूप से समझ लें कि बुनियादी बात यह नहीं है कि दूसरा कैसा व्यवहार करता है, बल्कि महत्त्वपूर्ण बात यह है कि हममें से प्रत्येक व्यक्ति का व्यवहार कैसा है और उसकी क्या प्रतिक्रिया है। इस प्रतिक्रिया को यदि गहराई से समझ लिया जाए तो संबंधों में एक गहरा बदलाव आ सकता है। दूसरों के साथ अपने संबंधों में केवल भौतिक समस्या ही नहीं रहती, बल्कि सभी स्तरों पर विचार तथा भावना की समस्या भी रहती है। अत: हम दूसरों के साथ एकलय तभी बना सकते हैं, जब हम अपने अंतस् में समग्र रूप से समन्वित हों।

—'ऑन रिलेशनशिप' में संकलित और 16 जून, 1940 को ओहाय में दिए गए भाषण से उद्धृत

संबंध की समस्या

संबंध एक भारी समस्या है और न केवल एक स्तर पर, बल्कि हमारे जीवन के प्रत्येक स्तर पर यह एक बहुत बड़ी समस्या है। संबंध को समझने के लिए हमें बिना किसी विचारधारा व सैद्धांतिकता के तथा बिना किसी पूर्वग्रह के इसे देखना-समझना होगा और वह भी बिना किसी अनपढ़ के पूर्वग्रह के नहीं, बल्कि स्वयं के पूर्वग्रह के बिना भी। विगत अनुभव को आधार बनाकर किसी भी वर्तमान समस्या को समझने जैसी कोई बात नहीं होती, क्योंकि प्रत्येक समस्या नई होती है और पुरानी समस्या जैसी कोई चीज नहीं होती।

संबंध हमारे दैनिक जीवन की चुनौती होते हैं। अगर मैं, आप व अन्य लोग इस बात से परिचित नहीं कि हम एक-दूसरे से किस प्रकार जुड़े हैं तो निश्चय ही हम ऐसी स्थिति पैदा कर रहे हैं, जो युद्ध पैदा करनेवाली है। अतः विश्व की समस्या आप लोगों की ही समस्या है। आप कोई विश्व से अलग नहीं हैं। जो आप हैं, वही विश्व है। यदि आप दैनिक जीवन में संबंधों को समझते हैं तो फिर आप विश्व को यानी स्वयं को बचा सकते हैं।

—22 जनवरी, 1950 को कोलंबो में हुई रेडियोवार्त्ता से उद्धृत

समझ की उत्पत्ति

जब तक आप स्वयं को समझ नहीं लेते, तब तक यहाँ-वहाँ भटकना बेकार है। बस, यह तो फिर एक पलायन मात्र ही है। मुद्दे की बात यह है कि संबंधों को भली-भाँति समझा जाए। ये संबंध ही तो हैं, जो द्वंद्व का कारण बनते हैं। संबंधों को तब तक नहीं समझा जा सकता, जब तक हममें सजग एवं तटस्थ रूप से देखने की क्षमता न आ जाए। इसी तटस्थता एवं सजगता के आधार पर समझ की उत्पत्ति होती है।

—22 जनवरी, 1950 को कोलंबो में हुई सार्वजनिक वार्त्ता में दिए गए भाषण से उद्धृत

समय

एक समय वह होता है, जिसे कालक्रमिक कहा जाता है अर्थात् जिसे घंटों, दिनों, महीनों और वर्षों के रूप में जाना जाता है। मनुष्य का मन इसी कालक्रम की समय की उपज है, जो सभी क्रियाकलापों का आधार है। यह मन अपने अस्तित्व की निरंतरता के रूप में समय का ही परिणाम है और इसी निरंतरता के माध्यम से मन को परिपूर्ण और परिष्कृत करना ही प्रगति माना जाता है। इसके अतिरिक्त मनोवैज्ञानिक अवधिवाला भी एक और समय होता है, जिसे विचार ने कुछ प्राप्त करने के लिए रच लिया है। इस समय का प्रयोग प्रगति करने, कुछ बनने के लिए ही किया जाता है। यह समय अधिकांश लोगों के लिए किसी ऊँची मंजिल की ओर चलते हुए पाँव रखने का एक आधार होता है।

अधिकांश लोग समय को वर्तमान और भविष्य के किसी क्षण के बीच के अंतर के रूप में देखते हैं और इस समय का प्रयोग किसी आदत से छुटकारा पाने, शरीर को हृष्ट-पुष्ट करने या चरित्र-निर्माण करने के लिए करते हैं। ईसाई लोग लगभग दो हजार वर्षों से नरक एवं स्वर्ग में विश्वास करने के आदी हो गए हैं और पूरब में भी इसी प्रकार का विश्वास इससे भी अधिक लंबे समय से पल रहा है। लोगों की यह अवधारणा है कि जो कुछ भी उन्हें करना या समझना है, उसके लिए समय अनिवार्य है। बस इसी कारण समय एक बोझ बन जाता है और फिर यथार्थ को देखने में यह बाधा बनता है, किसी भी स्थिति के सच को तत्काल देखने से वंचित रखता है; क्योंकि लोग सोचते हैं कि इसके लिए तो उन्हें समय लेना ही होगा।

लोगों का यह सोचना है कि नैतिक सिद्धांतों, मतांधताओं, संगठित धर्मों एवं प्रतिस्पर्धात्मक मनोवृत्तिवाले इस समय से बाहर निकलने के लिए समय की आवश्यकता है। लोग इस समय के दायरे में ही सोचते हैं, क्योंकि विचार ही समय है। विचार स्मृति की अनुक्रिया है और स्मृति वह पृष्ठभूमि है, जो जाति या संप्रदायों या व्यक्ति द्वारा संचित की जाती है और जो लोगों

को विरासत में प्राप्त होती है। मन की संचयी प्रक्रिया की परिणति ही यह पृष्ठभूमि है, जिसके संचय में समय लगा है। अधिकांश लोगों की स्मृति ही मन है और जब भी सामने कोई चुनौतीवाली स्थिति आ खड़ी होती है, तब यह स्मृति प्रतिक्रिया करती है। अतः स्मृति की प्रतिक्रया के कारण ही विचार समय की उपज होता है।

—'लिविंग एंड डाइंग' में संकलित और
28 जुलाई, 1964 को सानेन में दिए गए भाषण से उद्धृत

विचार की नींव अतीत पर खड़ी होती है, जो समय का ही स्वरूप है। केवल घड़ी की सुइयों से ही समय का संबंध नहीं होता, बल्कि यह विचार के रूप में भी रहता है और यह अतीत से निकलकर वर्तमान में होता हुआ भविष्य तक चला जाता है।

हमें समय की महत्ता भी समझनी चाहिए। समय हमारे जीवन का एक बहुत बड़ा कारक है। समय की उत्पत्ति विचार से होती है और समय ही हमारे विचारों को नियंत्रित करता है तथा उन्हें आकार देता है। मैं 'समय' शब्द का प्रयोग घड़ीवाले 'समय' के अर्थ में नहीं कर रहा हूँ, बल्कि मनोवैज्ञानिक समय के अर्थ में भी कर रहा हूँ। वह समय जिसे विचार रचता है। ये दोनों समय ही हमारे जीवन के कारक हैं। हमें घड़ीवाले समय की जानकारी होनी चाहिए, नहीं तो कोई भी एक-दूसरे से नहीं मिल पाएगा। निश्चय ही घड़ीवाला समय, हमारे जीवन की घटनाओं के लिए आवश्यक है। यह एक सरल एवं स्पष्ट सी बात है। अब जिस समय का अन्वेषण करने व जिसे समझने की आवश्यकता है, वह है मनोवैज्ञानिक प्रक्रिया, जिसे समय कहा जाता है।

हम सभी मनोवैज्ञानिक रूप से समय के बंधन में जकड़े हुए हैं। समय विगत कल की स्मृति है, जिसके साथ इसके सभी संचित अनुभव जुड़े हुए

हैं। यह केवल किसी एक व्यक्ति विशेष की स्मृति नहीं है, बल्कि पूरे समूह की, प्रजाति की स्मृति है।

समय वह चीज है, जिसे मस्तिष्क द्वारा गढ़ लिया गया है और इसी के प्रतिफल में मस्तिष्क समय की उपज बन गया है। प्रत्येक विचार ही समय का परिणाम होता है, स्मृति का प्रत्युत्तर होता है। इस प्रकार हम सभी चिंतन करते हैं कि ईश्वर है या नहीं, राज्य का क्या कर्तव्य है, संबंधों का क्या स्वरूप है, हमेशा ईर्ष्या, व्यग्रता और दुःख पर किस प्रकार विजय प्राप्त की जाए या इनके साथ किस प्रकार सामंजस्य स्थापित किया जाए, इस प्रकार के सभी सवाल समय की पृष्ठभूमि से ही जुड़े होते हैं।

—'लिविंग एंड डाइंग' में संकलित और
21 जुलाई, 1963 को सानेन में हुए वार्त्तालाप से उद्धृत

★

हम सभी का दैनिक कार्यों में मतलब केवल समय से होता है, क्योंकि समय ही भूलने में हमारी सहायता करता है। समय हमारे घाव भर देता है, भले ही अस्थायी रूप से, लेकिन फिर भी समय हमारी हताशाओं और उलझनों को दूर भी करता है।

—'लिविंग एंड डाइंग' में संकलित और
9 दिसंबर, 1959 को मद्रास में दिए गए भाषण से उद्धृत

★

अधिकांश लोगों के लिए समय एक स्वतः सिद्ध यथार्थ है। इसमें कोई संदेह नहीं कि घड़ी की टिक-टिक करनेवाला समय एक वास्तविकता है। व्यक्ति को घर तक जाने में समय लगता है, कोई जानकारी प्राप्त करने में समय लगता है, किसी तकनीक को सीखने में समय लगता है, लेकिन इस समय के अलावा भी कोई समय और भी होता है क्या, क्या कोई मनोवैज्ञानिक समय भी होता है? असल में बात यह है कि मनुष्य ने ही समय को रच लिया है।

जब मानसिक और भौतिक निरंतरता नियत हो जाती है और वैध मान ली जाती है, तब समय बहुत महत्त्वपूर्ण हो जाता है। घड़ीवाला समय नहीं, बल्कि वह समय, जो किसी मानसिक-मनोवैज्ञानिक प्रयोजन को, किसी तरह के लाभ को प्राप्त करने के साधन के रूप में मान्य है। तब तक कोई सफल नहीं हो सकता, कुछ प्राप्त नहीं कर सकता, जब तक वह उसके बारे में सोचता नहीं। इस प्रकार आंतरिक रूप से भी निरंतरता की आकांक्षा करना समय का ही कार्य है और वह समय ही है, जो भय को जन्म देता है।

—'लिविंग एंड डाइंग' में संकलित और
7 मार्च, 1962 को मुंबई में दिए गए भाषण से उद्धृत

यदि भय को समझना है तो समय को समझना आवश्यक है और समय से यहाँ मेरा अर्थ घड़ीवाले समय से नहीं है। वह तो एक सीधी व सरल बात है, इसलिए इसमें समझने जैसा कुछ भी अधिक नहीं है। मेरा कहने का अर्थ मनोवैज्ञानिक समय से है, अर्थात् अतीत के दिनों में झाँकते रहना और उन चीजों को देखना-समझना, जिनसे परिचित हैं।

चेतन व अचेतन मन की प्रक्रिया ही मनोवैज्ञानिक समय है—ज्ञान के रूप में समय, अनुभव के रूप में समय, किसी उद्‌देश्य को पूरा करने में लगनेवाला समय, उपलब्धि पाने और कुछ बनने के साधन के रूप में समय।

—'लिविंग एंड डाइंग' में संकलित और
12 जून, 1962 को लंदन में दिए गए भाषण से उद्धृत

समय विचार की उपज होता है। यदि कोई आनेवाले कल के बारे में न सोचे या विचार द्वारा अतीत में न झाँके तो वह वर्तमान में जिएगा, जहाँ न अतीत होगा और न भविष्य। वह केवल उसी दिन के लिए जी रहा होगा। चूँकि वह इतने भरपूर तरीके से और जबरदस्त जरूरत के अहसास के साथ वर्तमान में

जीना और आज ही पूरा कायाकल्प करना नहीं जानता, इसीलिए उसने भविष्य की अवधारणा की रचना कर दी है। इस प्रकार विचार मनोवैज्ञानिक समय की रचना करता है।

—'लिविंग एंड डाइंग' में संकलित और 24 फरवरी, 1965 को मुंबई में दिए गए भाषण से उद्धृत

★

किसी कार्यकुशलता को सीखने के लिए या दक्षता के साथ कार चलाना सीखने के लिए समय की आवश्यकता होती है। समय की उस गति को हम मन के क्षेत्र में भी ले आते हैं और यह कहने लगते हैं कि मुझे अपने बारे में जानने के लिए समय चाहिए। बाहरी विश्व पर लागू होनेवाली इस गतिविधि को मानसिक क्षेत्र में लाने के लिए अर्थ यह है कि हमने अपने जीवन में समय को अधिक महत्त्व दिया है।

—'नेटवर्क ऑफ थॉट' में संकलित और 14 जुलाई, 1981 को जानेन में दिए गए भाषण से उद्धृत

★

विचार या कोई भी मानसिक गतिविधि समय ही है। यदि कोई किसी अन्य स्थान पर जाना चाहता है, किसी से मिलना चाहता है या कोई भाषा सीखना चाहता है तो इस सबमें समय की आवश्यकता होती है।

—'नेटवर्क ऑफ थॉट' में संकलित और 16 जुलाई, 1981 को जानेन में दिए गए भाषण से उद्धृत

★

सम्यक् कार्य

मन सम्यक् कार्य तभी कर सकता है, जब वह प्रत्येक अवधारणा और विश्वास से स्वतंत्र हो चुका हो। जो व्यक्ति देशभक्त है एवं राष्ट्रवादी है, वह यह कभी नहीं जान सकता कि भाईचारा क्या होता है। इस संबंध में वह

चाहे कितना भी बोलता रहे, लेकिन उसकी कथनी के विपरीत उसके क्रियाकलाप, ये आर्थिक दिशा में हों या अन्य दिशा में, सभी युद्धोन्मुख होते हैं। अतः सम्यक् कार्य स्थायी रूप से तभी संभव हैं, जब मन अवधारणाओं से मुक्त हो जाए।

—'ऑन रिलेशनशिप' में संकलित और 1 जनवरी, 1950 को कोलंबो में दिए गए भाषण से उद्धृत

★

सम्यक् विचार

सम्यक् विचारधारा को केवल संबंध में रहकर ही जाना जा सकता है, यानी संबंधों के दौरान ही इस बात से ही परदा हटाया जा सकता है कि हम क्षण-प्रति-क्षण किस प्रकार सोचते हैं, हमारी प्रतिक्रिया क्या होती है। इस प्रकार कदम-दर-कदम हम सम्यक् विचारधारा में उतरते चले जाते हैं।

—'ऑन रिलेशनशिप' में संकलित और 1 जनवरी, 1950 को कोलंबो में दिए गए भाषण से उद्धृत

★

एक शांतिप्रिय व्यक्ति के लिए और एक विचारशील व्यक्ति के लिए यह आवश्यक होता है कि वह स्वयं को समझे, क्योंकि स्वयं को समझे बिना उसके सभी प्रयास केवल उलझन और क्लेश की ही वृद्धि करेंगे। अतः उसे सभी प्रक्रियाओं और गतिविधियों के प्रति सजग रहना होगा।

—'ऑन रिलेशनशिप' में संकलित और 1 जनवरी, 1950 को कोलंबो में दिए गए भाषण से उद्धृत

★

सम्यक् विचारधारा

निश्चय ही सम्यक् विचारधारा यानी सही सोचना सम्यक् से बिल्कुल भिन्न है। सही सोच को तो बनाया जाता है और सही सोच के बारे में व्यक्ति

सीख सकता है, लेकिन सम्यक् विचारधारा, यानी सही सोचने के बारे में ऐसा नहीं किया जा सकता। ऐसा इस कारण, क्योंकि सही सोचना तो एक प्रवाह होता है, वह जड़ नहीं होता। सम्यक् सोच को व्यक्ति किसी पुस्तक या शिक्षक से सीख सकता है, लेकिन किसी नमूने का अनुकरण करके सम्यक् रूप से सोचना नहीं आ सकता। यह सम्यक् विचारधारा तो संबंधों की क्षण-प्रति-क्षण की वह समझ है, जो अहं या गर्व की सभी गतिविधियों को बेपरदा कर देती है।

—ऑन रिलेशनशिप' में संकलित और
1 जनवरी, 1950 को कोलंबो में दिए गए भाषण से उद्धृत

★

किसी समस्या का समाधान तलाश करना समस्या को केवल और गहरा ही करता है। समाधान समस्या से कोई अलग नहीं होता, बल्कि उसी में सम्मिलित होता है। हमें समस्या को अतीत के चश्मे से नहीं, बल्कि बिल्कुल नई दृष्टि से देखना चाहिए। किसी चुनौती के प्रति की गई अनुक्रिया का आधा-अधूरापन समस्या को बढ़ावा ही देता है। अतः चुनौती को समझने के बजाय इस आधे-अधूरेपन को ही समझ जाना चाहिए। हमारे भीतर नूतन को देखने की इच्छा तो रहती है, लेकिन हम उसे देख नहीं पाते; क्योंकि हमारे भीतर जमी अतीत की छवि इसके स्पष्ट दर्शन नहीं होने देती। किसी भी समस्या के प्रति हमारी अनुक्रिया एक कैथोलिक, एक हिंदू या बौद्ध के रूप में होती है या फिर एक दक्षिणपंथी या वामपंथी के रूप में। यही बात द्वंद्व को बढ़ाती है। यही कारण है कि नूतन को देखने से पहले पुरातन को हटाना आवश्यक हो जाता है। जब किसी चुनौती के लिए हमारा प्रत्युत्तर संपूर्ण होता है तो फिर कोई द्वंद्व पैदा नहीं होता और न ही कोई समस्या बची रहती है।

—'ऑन रिलेशनशिप' में संकलित और
22 जनवरी, 1950 को कोलंबो में हुई रेडियोवार्त्ता से उद्धृत

समस्या

कोई भी समस्या हो, उसके बारे में मनुष्य के सोच का कोई-न-कोई आधार होता है। फिर चाहे वह राजनैतिक हो या धार्मिक, लेकिन यह बढ़ती हुई उलझनों का ही स्रोत है। कोई भी संगठित धर्म समस्या को समझने में बाधा बनता है, क्योंकि वह मनुष्य के मन को मत-सिद्धांतों व विश्वासों से संस्कारबद्ध कर देता है। हम सबकी कठिनाई यह है कि हम किसी समस्या को किन्हीं विशेष धार्मिक या राजनैतिक संस्कारों के माध्यमों से नहीं, बल्कि सीधे तौर पर कैसे समझें ? कैसे वह समस्या हमारी पकड़ में आए कि यह द्वंद्व समाप्त किया जा सके। अस्थायी तौर पर नहीं, बल्कि संपूर्ण रूप से, ताकि मनुष्य पूर्ण रूप से जीवित रह सके। यही सब तो सीखने की आवश्यकता है कि समस्या को बिल्कुल नए ढंग से देखा जाए, क्योंकि प्रत्येक समस्या, चाहे वह धार्मिक, सामाजिक, आर्थिक कोई भी हो, सदैव ही नवीन होती है।

—'ऑन रिलेशनशिप' में संकलित और
25 दिसंबर, 1949 को कोलंबो में दिए गए भाषण से उद्धृत

अवधारणाएँ केवल संगठित विचार होती हैं और विचार से किसी भी मनोवैज्ञानिक समस्या का समाधान नहीं होता है। वास्तव में जिससे समस्या का समाधान हो सकता है, वह है समस्या का सामना करना और उससे रूबरू होना, बल्कि विचारों के माध्यम से नहीं, बल्कि प्रत्यक्ष एवं जीवंत रूप से। यदि विचार पर निर्भर रहा जाएगा तो फिर मनोवैज्ञानिक समस्या का समाधान नहीं हो पाएगा।

—'लिविंग एंड डाइंग' में संकलित और
12 जून, 1962 को लंदन में दिए गए भाषण से उद्धृत

किसी दूसरे को यह जानने की आवश्यकता नहीं कि आप रचनात्मक एवं सृजनात्मक हैं, बल्कि इसकी आनंद की अनुभूति आप स्वयं ही कर सकते हैं। हालाँकि इसे सरलता से पहचानना संभव नहीं, क्योंकि हम अधिकांश लोग अनगिनत समस्याओं से घिरे होते हैं। ये समस्याएँ राजनीतिक, पारिवारिक, धार्मिक और आर्थिक आदि होती हैं, जिनका समाधान हम कुछ नियमों, परंपराओं या धार्मिक रीतियों के अनुसार करने में व्यस्त हो जाते हैं, लेकिन किसी भी समस्या का हमारा समाधान निश्चित रूप से दूसरी समस्या को ही खड़ी करता है।

—'ऑन रिलेशनशिप' में संकलित और
8 जनवरी, 1950 को कोलंबो में दिए गए भाषण से उद्धृत

समाज

समाज किसी को तभी तक प्रभावित कर पाता है, जब तक वह मनोवैज्ञानिक रूप से इसकी पकड़ में रहता है। इसके साथ जिस क्षण वह अपनी मनोवैज्ञानिक गाँठ खोल देता है, उसी क्षण इसका कैसा भी प्रभाव पड़ना बंद हो जाता है।

—'लिविंग एंड डाइंग' में संकलित और
12 जून, 1962 को लंदन में दिए गए भाषण से उद्धृत

समाज एक अमूर्त चीज है और जो चीज अमूर्त एवं काल्पनिक होती है, उसमें वास्तविकता नहीं होती। वास्तविकता तो मानव और मानव के बीच का संबंध है। मानव और मानव के बीच के संबंध से जो कुछ बचता है, उसे ही समाज कहा जाता है। मानव हिंसक है, आत्मकेंद्रित है, भयभीत है और असुरक्षित भी महसूस करता है। मानव अपने आप में भ्रष्ट भी है। इन तमाम

संबंधों ने ही इस तथाकथित समाज की रचना की है, वे संबंध फिर चाहे घनिष्ठ हों या न हों। यह स्पष्ट एवं प्रत्यक्ष है।

—'ऑन रिलेशनशिप' में संकलित और 25 जनवरी, 1981 को मुंबई में दिए गए भाषण से उद्धृत

★

समाज के साथ संबंध

यदि मनुष्य किसी एक के साथ भी अपने संबंधों को अच्छी तरह व संपूर्ण रूप से समझ ले तो शायद एक संभावना बन जाए कि फिर वह अनेक के साथ यानी समाज के साथ भी अपने संबंधों को अच्छी तरह समझ पाए। यदि मैं किसी एक के साथ भी अपने संबंधों को समझने में अक्षम रहता हूँ तो फिर मानवता के साथ, समाज व अन्य लोगों के साथ अपने संबंधों को किस प्रकार समझ सकूँगा; और अगर किसी एक के साथ भी अगर मेरा संबंध आवश्यकता या तुष्टि पर आधारित हुआ तो फिर ऐसी स्थिति में मेरा समाज के साथ संबंध भी वैसा ही होगा।

—'ऑन रिलेशनशिप' में संकलित और 17 जुलाई, 1949 को ओहाय में दिए गए भाषण से उद्धृत

★

यह बात तो स्पष्ट है कि जब तक हम संबंधों में रहते हुए स्वयं की पहचान नहीं करेंगे, तब तक हम किसी भी प्रकार की रचना करते रहें और हमारी विचारधारा तथा अभिमत भी चाहे कैसे ही हों, वे सब और भी अनिष्टकारी, और भी कष्टकारी रहेंगे। अतः समाज के साथ अपने संबंधों में अहं की समूची क्रियाविधि की समझ ही द्वंद्व की समस्या को समझने की शुरुआत है।

—22 जनवरी, 1950 को कोलंबो में हुई सामाजिक वार्त्ता से उद्धृत

★

संसार

हमें जिस संसार का सामना करना है, वह बहुत तेजी से विघटित तथा भ्रष्ट होता जा रहा है। वह ऐसा संसार है, जिसमें नीति नाम की कोई चीज नहीं, जहाँ कुछ भी पावन नहीं रह गया है और जहाँ कोई किसी का सम्मान भी नहीं करता है।

लाखों वर्षों के क्रमिक विकास के बाद भी यह संसार इतना हिंसक, इतना कठोर, इतना विध्वंसक कैसा बन गया है और यह युद्ध तथा एटम बमों जैसी आपत्तियों को क्यों सहन करता आ रहा है, इसका पता लगाना होगा।

—'नेटवर्क ऑफ थॉट' में संकलित और 12 जुलाई, 1981 को जानेन में दिए गए भाषण से उद्धृत

संस्कारबद्धता

लोग अभी तक तथाकथित व्यक्तिगत जीवन ही व्यतीत करते आए हैं और वह भी अपने आपसे और अपनी समस्याओं के प्रति सरोकार रखते हुए। वे समस्याएँ कभी खत्म नहीं होतीं, बल्कि लगातार बढ़ती रहती हैं। लोग इसी प्रकार का जीवन व्यतीत करते रहे हैं और हम सभी का पालन-पोषण, शिक्षा-दीक्षा, सभी कुछ हमारी संस्कारबद्धता इसी प्रकार के जीवन के उद्देश्य के लिए हुई है।

—'नेटवर्क ऑफ थॉट' में संकलित और 23 जुलाई, 1981 को जानेन में दिए गए भाषण से उद्धृत

सादगी

सादगी का अर्थ है कि जो मन उज्ज्वल हो, स्पष्ट हो, द्वंद्व रहित हो, जिसकी कोई महत्त्वाकांक्षा न हो और जो वस्तुत: अपनी ही इच्छाओं द्वारा भ्रष्ट

न किया जा सके, लेकिन हम सतही व्याख्या से बड़े आराम से संतुष्ट हो जाते हैं। हम यह कहते हैं कि कोई व्यक्ति इस कारण संत है, क्योंकि वह सादगीपूर्ण जीवन जीता है।

—'लिविंग एंड डाइंग' में संकलित और 6 नवंबर, 1963 को नई दिल्ली में दिए गए भाषण से उद्धृत

★

सुख

सुख से तात्पर्य केवल जैविक सुख या यौन सुख नहीं है। सुख तो स्वामित्व में भी होता है और धन के संचय में भी होता है। सत्ता में भी सुख होता है, फिर चाहे वह सत्ता राजनीतिक हो या धार्मिक या फिर किसी व्यक्तित्व पर सत्ता। ज्ञान प्राप्त करने का भी अपना ही सुख होता है। साधारण से मनुष्य के लिए असंभव सी दिखाई देने वाली कोई आंतरिक उपलब्धि प्राप्त करने का भी अपना ही सुख होता है।

—'नेटवर्क ऑफ थॉट' में संकलित और 21 जुलाई, 1981 को जानेन में दिए गए भाषण से उद्धृत

★

जब कोई खुश होता है, तब वह कभी यह नहीं कहता कि वह कितना खुश है, बल्कि ऐसा बाद में होता है। यह उसका स्मरण होता है, जिससे उसे सुख की प्राप्ति हुई थी। उदाहरण के तौर पर कोई एक लुभावना सूर्यास्त देखता है और उससे वह आनंदित हो उठता है। फिर उस दृश्य को याद किया जाता है और इस प्रकार सुख की उत्पत्ति होती है।

—'नेटवर्क ऑफ थॉट' में संकलित और 19 सितंबर, 1981 को एम्सटर्डम में दिए गए भाषण से उद्धृत

★

सीखने का अर्थ

हमें यह जानना होगा कि सीखना क्या होता है। अधिकांश लोगों के लिए सीखने का अर्थ होता है—ज्ञान अर्जित करना। मुझे रूसी भाषा का ज्ञान नहीं है, लेकिन मैं वह सीख लूँगा, दिन-प्रति-दिन मैं सीखता जाऊँगा। यदि मैं या कोई भी दृढ निश्चय कर ले तो लगभग किसी भी भाषा को सीखा जा सकता है। अत: हम सभी के लिए सीखने का अर्थ है ज्ञान का संचय करना।

जब कोई किसी भाषा को सीखना चाहता है तो उसके लिए ज्ञान आवश्यक होता है, लेकिन यदि कोई मनोवैज्ञानिक रूप से अपने मन के बारे में या अपनी चेतना की अंतर्वस्तु के बारे में सीखना चाहे तो क्या अपनी चेतना की हर परत की जाँच कर उसे उसके बारे में ज्ञान का संचयन करना होगा? भाषा सीखते समय प्रयुक्त किए जानेवाले उसी प्रारूप का अनुसरण करते हुए अपनी चेतना की अंतर्वस्तु के बारे में सीखते समय मस्तिष्क उसी प्रारूप की पुनरावृत्ति करेगा तो इसका अर्थ यह हुआ कि चेतना के बारे में ज्ञान का संचयन करने के लिए समय की आवश्यकता होगी। फिर यह तय किया जाएगा कि समस्याएँ क्या हैं, फिर मस्तिष्क तो उन्हें सुलझाने के लिए तैयार बैठा ही है। समस्याएँ हल करने के लिए ही मस्तिष्क को प्रशिक्षित किया गया है। इसी को सीखना कहा जाता है।

—'नेटवर्क ऑफ थॉट' में संकलित और 14 जुलाई, 1981 को जानेन में दिए गए भाषण से उद्धृत

★

स्वयं के बारे में सीखना एकदम बेतुका सा प्रतीत होता है। अगर स्वयं के बारे में सीखना है तो इसके अवलोकन की संपूर्ण स्पष्टता की आवश्यकता होती है और यह बड़ी सरल बात है।

—'नेटवर्क ऑफ थॉट' में संकलित और 26 जुलाई, 1981 को जानेन में दिए गए भाषण से उद्धृत

सीखने की ललक

जानने, सीखने और रहने में फर्क है। हमें रहने की सीख दी गई है, जिसमें सीखने और जानने जैसा कुछ भी नहीं होता। अवलोकन करना ही सीखना और जानना होता है।

—'ऑन रिलेशनशिप' में संकलित और 24 जनवरी, 1982 को मुंबई में दिए गए भाषण से उद्धृत

सीमितता

हमें अपनी तर्क-क्षमता और बुद्धि-क्षमता का प्रयोग करना चाहिए, लेकिन साथ ही उसकी सीमितता को भी समझना चाहिए, क्योंकि युक्तियुक्त एवं तर्कयुक्त विचार भी तो आखिर विचार ही है। विचार सीमित है, यह जानकर इस सीमितता के प्रति जागरूक रहिए।

—'नेटवर्क ऑफ थॉट' में संकलित और 16 जुलाई, 1981 को जानेन में दिए गए भाषण से उद्धृत

सोच-विचार

सोच-विचार करना संपूर्ण मानव-जाति का समान लक्षण है। कोई भी सोच पूर्वी या पश्चिमी नहीं हुआ करती। कोई शल्य-चिकित्सक हो या बढ़ई या किसान या फिर कोई महान् कवि; सभी में सोच-विचार समान रूप से विद्यमान है।

—'नेटवर्क ऑफ थॉट' में संकलित और 12 जुलाई, 1981 को जानेन में दिए गए भाषण से उद्धृत

ज्ञान

हमें लगता है कि ज्ञान से हमारी सभी समस्याओं का हल हो जाएगा,

फिर चाहे वह ज्ञान किसी गुरु का हो या किसी पुरोहित का, किसी दार्शनिक का हो या मनोचिकित्सक का, लेकिन हमने कभी इस बात पर कोई सवाल नहीं उठाया कि क्या ज्ञान वास्तव में हमारी समस्याओं को हल करने में सक्षम है।

समय का माध्यम ज्ञान के लिए अत्यावश्यक है।

—'नेटवर्क ऑफ थॉट' में संकलित और 14 जुलाई, 1981 को जानेन में दिए गए भाषण से उद्धृत

★

ज्ञान का अर्थ

हमारे लिए आवश्यक है कि हम ज्ञान के अर्थ को बड़ी गंभीरता व गहराई से समझें। प्रत्येक के लिए ज्ञान आवश्यक है, क्योंकि ज्ञान के अभाव में हम अपनी बात एक-दूसरे तक शाब्दिक रूप में शायद ही पहुँचाने में संभव हों। कोई भी कार्य करने के लिए हमें ज्ञान की आवश्यकता तो है ही, फिर चाहे वह साइकिल चलाना हो या फिर अन्य कोई कार्य करना हो। औचित्यपूर्वक या उद्‌देश्यपूर्वक कोई भी कार्य करने के लिए ज्ञान का होना अत्यंत आवश्यक है।

मन जब स्वतंत्र हो या फिर यों कहें कि जब मन सजग हो, तभी ज्ञान की गतिविधियों को देख पाना संभव होता है और तभी यह ज्ञान की आवश्यकता को और संबंधों में ज्ञान से पैदा हुए खतरों को देख सकता है।

—'ऑन रिलेशनशिप' में संकलित और 10 मार्च, 1973 को सैन फ्रांसिस्को में दिए गए भाषण से उद्धृत

□□□